原來你
什麼都不想要

李欣倫

好評推薦

勇敢，是讀欣倫這本作品，我心中所下最大的註腳。她的真誠使我幾乎無法直視，許多章節，甚至令人感到疼痛。

又五年，欣倫的人生再往前推進了一程。《原來你什麼都不想要》寫家庭關係中女子的處境與負重，既犀利，又溫柔。作者的意志時而鼓舞堅強，時而哀傷墜落。

如果生命是趟苦樂參半的旅程，幸好，我們還有欣倫流轉的眼神。

——吳妮民（作家）

這本書的一切皆是安靜的殘忍。婚姻是殘忍。婚姻現實是殘忍。婚姻裡性別的戰爭是殘忍。「原來你什麼都不想要」，所謂的自由，某種意義上也是一種大殘忍。其中若有什麼是與這種殘忍並存的，或許就是那些暴雨中一路將車開回家一類的片段。它是獨屬於一個人的無人知曉的狂飆，載著滿車昏睡的家庭，危險僥倖地回到家。這種殘忍，也只有她自己知道。

——言叔夏（作家）

從懵懂的幼年，一路長成憂鬱的青春少女，以為自己理解的世界就是真理，然而歷經了災難與生命的消逝，走過了孕育生命的苦難，品嚐微微重男輕女的荒謬，就在人生的賽道上好不容易把該爭取的都爭取到之後，才發現「原來你什麼都不想要」竟是心裡底層最渴望的吶喊。

散文家李欣倫，真正從生命中萃取出創作原汁的女作家，用筆尖寫出只有女性才懂得的，生命皺摺的蒼涼美感。

——李儀婷（小說家．親子教養暢銷作家）

更犀利，更細緻、更全面的女性與身體敘述，疏離於己的寫法，有小說的客觀、詩的陌生化。雖然文字如清水芙蓉更易讀，然時間自由穿梭，自我多面分化，讓散文的面向更複雜可觀，文字圓熟如轉珠。前面幾篇翻開革命性的李欣倫，令人驚心動魄，之後復歸於孩，還好還好，作者再度刷新自己，你得細細讀來，方知其中驚險。

——周芬伶（東海大學中文系特聘教授）

或許是哼唱過同一段青春，讀著，不知不覺就唱起，但轉耳是孩子的哭聲，廚房的碰撞聲，夫妻間的無聲，與努力在各種聲音的滂沱裡，敲擊出來的喃喃，如歌如泣，彷彿，我們又泅泳在同一段，為人父母的逆流裡。

赤裸，真誠，痛，仍驕傲舞著。遊戲，但不像玩弄，自白，但不願自棄，書寫了你想說的，又正是你說不出的，欣倫，用她的筆，撐起自己，也扶了你我一把。

方舟的槳，我們一同划著。

——郭彥麟（精神科專科醫師）

精準的文字描繪了學術界女性對於婚姻、家庭、生育、母職，甚至兩代人的母女關係的體驗與看法。文中對台灣婚姻家庭、性別關係的描繪其實也普遍反映各行業的女性勞動者或專職主婦的生活情境。追求成功的男人常常不在家，母親成為照養小孩的性別。上兩個班的人生，時間貧窮的日常，也許最重要的保留自我照顧的時間。

——陳美華（中山大學社會系教授兼系主任）

《原來你什麼都不想要》，是說到一半的話。只要一半，你就知道另一半的不簡單；只要一半，就能讀懂另一半的機關。人情離散，散文先知，更是這本書的絕美。先說從前想要，你就知道現在不要。十多年前的隱形果凍胸罩與塞浦路斯鑲著金邊的時光，前者起了黃斑，後來的時光，就也不必道盡。辛波絲卡的詩作〈一個女人的畫像〉，被拆解為書的輯名，取代如指證般的直接引用，消音、隱聲，卻分明開了口。除不盡與說不盡的話語，原來你什麼都不想要，原來也什麼都不必說。

——蔣亞妮（作家）

（依姓氏筆畫排列）

目次

輯三 **假日遊戲**

輯四 **方舟**

推薦序

騰飛於沼澤之上

楊佳嫻

張愛玲中學時代回答校刊對畢業生的調查，在「最恨」一欄答「有才華的女子忽然結了婚」，而當代則有書名曰「文藝女青年這種病，生個孩子就好了」，二者在讀書圈內均傳誦甚廣。看似衝突，其實一體兩面。

婚家制度將親密關係綁得更緊，在法律見證下，擘劃一個彼此支持實現的遠景，不離不棄，努力達成，「我做的一切都是為了這個家」，台詞耳熟能詳，用於賺人熱淚，也用於情緒勒索。李安苦熬成功、妻子默默支持的故事，幾乎成了婚姻故事典範。網路上轉貼「過去的人，東西壞了會想要修補，而非直接丟棄，所以也不輕易離婚」之類警句，相反共存，則有各種「靠背老公／老婆」線上社團內人人苦勸「快逃啊」、「放生吧」。

我們是否可能深愛孩子同時厭倦母職、渴望親密關係而同時厭倦妻職？稱之為「職」，並非可領薪資，而更是來自於其作為以家庭為主要場域、但與社會共構合謀的身分，具有身體與法律門檻，包含了期待與框限、理想化與浪漫化。女性作家筆下往往能看到亟欲逃離母職或妻職、或在母職與妻職中輾轉掙扎的女性，我想起蕭颯〈我兒漢生〉中面對兒子頻繁短線暴走，仍試圖一次次理性溝通，自我說服應該放手應該支持卻看不到盡頭的母親，或賴香吟〈靜到突然〉裡，面對丈夫理性冷靜解釋面孔，卻不由自主失控叫喊出聲彷彿更證實了失職的妻子。

詹明信（Fredric Jameson）曾指出第三世界那些看似個人的文本，都應該當作國族寓言（National allegory）來閱讀；而李欣倫散文新著《原來你什麼都不想要》，看似抒發個人在婚姻、家族、妻職與母職裡的遭遇，同樣能當作女人在社會一切處境的寓言。全書開篇〈之後〉，先鉤沉記憶，那些曾向母親、父親悲訴的女人們，滿腹苦水、心身不寧，眼看著男人們奔向虛擬金城、百折不回，一生積聚瞬間崩散，劫灰滾滾，腳下軟陷；傾訴不夠，佐以藥物，七天藥往往五天就吃完，再多的藥也壓不住，症狀永遠是腸胃、感冒、胸悶。模糊故事飄進成長中的女兒耳裡眼裡，多少年後有一日乍然醒覺，自己也正長期服用著胃腸、感冒、胸悶的藥物，驅動著虛擬金城一座一座浮現的「時代巨輪」（多麼熟濫的詞！）也正捲動自己的家庭，從前是股票萬點的激狂，現在改頭換面，進化了，細緻了，巧妙命名的投資機會，佐以哲思雞湯、新創名詞，徹底改造三觀，接近新興宗教般的經營方式，掉進邏輯迴圈的人，也與虔誠教徒無異。

童年時代聽見的故事，彷彿前世記憶。西班牙片《安娜床上之島》（Chaotic Ana），主角安娜在心理學家催眠協助下，回溯了好幾個前世，每一世在不同的文化與人生中，都包含了女性在父權社會中的緊張、受迫、質疑與反抗，這些經驗也頻繁聯繫到身體，親暱、疼痛、狂喜、排泄……。導演顯然有意通過魔幻手法，讓安娜來象徵「女性」整體，《原來你什麼都不想要》則是過份寫實，逼近時並不把鏡頭轉走，也不以隱喻或蒙太奇來削弱日常裡的殘酷。

讀者可以狡獪，所寫太讓人不堪、不適，隨時闔上紙頁，跳出網頁。寫故事，當然也有無數方法可以既留白又有寓意。可是，就生活在書中處境裡的人呢？《原來你什麼都不想要》揭開婚姻困境、家屋劇場，多麼普通！（錢的問題這麼傷人嗎？不是說有情飲水飽嗎？）又多麼糾纏！（你怎麼能不支持伴侶的夢想？尤其當夢想已經成了信仰？）因此〈洞與缺口〉終於發出燙口的問句：「混亂的現在如何通往他口中鍍金的未來？」

而身為寫作者和文學教師，我們也孰悉敘事之可能與可為——那不是課堂上的命題嗎？那不是行銷上的手腕嗎？那不是討論詐騙事件時的切入點嗎？時代巨輪耕耘瘋長而出的致富秘笈裡，李欣倫為我們整理好了敘事模式：「三件事，十個步驟，五個地雷，七個問題，六張藍圖，一個原則。連續十天。早睡早起。專注呼吸。勇於說不。承認恐懼。擁抱自己。迎向未來。」有一天發現就掉進這樣的深井裡。信仰其實是單純的事物？也許越容易專注的人越可能掉進去。

《原來你什麼都不想要》乃沼澤之書，仍有溫暖透明的時刻。比如〈水面下〉，陪女兒學游泳，看她顛躓到悠游，從膽怯到克服，向母親投去渴望認同的眼神，母女一體的感覺特別強；另一方面，選購泳衣，小女生已經知道如何反駁母親，對花色表達個人意見。但是，欣倫不打算把文章就停在母女的小情懷上，她追溯得再更深一些，關於哭：啼哭不止的孩子，疲憊無助的大人，不耐譴責的旁人，哭聲曾保證了孩子剛出生時多麼康健有力，卻逐漸變成隨身家事，尚未社會化的孩子想哭就哭，這是終將失效的特權。文內將「解決辦法」收束在「傾聽與理解」——覺得老生常談嗎？——欣倫提出，「開明」同時也是難題：不採取「我不理你」或打罵控制來應對孩子哭泣，撐出那個可以讓孩子認識自我情緒的空間，母親得承擔更高的情緒勞動，不請自來的指點。成長和教養，從來不專屬於親子，也緊密鑲嵌在親族與公共目光交織的網絡裡。

同樣也鑲嵌在親族與公共目光交織裡的，還有寫作這件事。〈戰慄遊戲〉所描述的，幾乎就是寫作者噩夢中最貼身的一件。《戰慄遊戲》（Misery）原為史蒂芬．金的名作，講述書迷意外救了作家，因不滿其新作，要求作家重寫，且多次挑剔，作家受讀者控制，想逃脫甚至被砍傷手足，整部小說最後可說是作者與讀者的殊死戰。現實中呢，寫作不僅被簡化為「把不可見的私事公諸於世」，還被視為對照表，讀者（包括作者的情人、親戚、朋友、學生、陌生人）找答案填表，放大字句，蔓延成某種診斷，帶著憐憫或鄙夷或發現新大陸（八卦）的快樂。這讓欣倫重新審視當自己作為讀者，是否也過度放大了不重要的細節、對於文中的含糊欠缺同理心？誤讀不只是理論，而是血肉真實。無數誤讀，以及誤讀帶來的營擾，也可能反過來暴露、重構自我。

寫作就像教養孩子，裡外危機四伏。我仍然覺得，幸好有孩子，幸好有文學，《原來你什麼都不想要》的沼澤裡才因此還有可扶的棧板、可抓的樹枝。這部散文集沒有寫成怨苦集成，而是置放於女性連續體，來彰顯：妳／我遭遇了什麼？它怎樣出現、怎樣運作而逐漸長成沼澤的？憑藉閱讀與書寫，長期積累對於病與身的省識，這拉提之巨力竟使得一本書寫沼澤的書並未陷入沼澤，鞋子裡裝滿汙泥而仍能騰飛起來，不很高，為的是可以穩穩回到地上。

（本文作者為作家）

輯一

之後

她一定樂於討好。

樂於改變至完全不必改變的地步。

這嘗試很容易，不可能，很困難，很值得。

她的眼睛可依需要時而深藍，時而灰白，

陰暗，活潑，無緣由地淚水滿眶。

她與他同眠，彷彿露水姻緣，彷彿一生一世。

——辛波絲卡〈一個女人的畫像〉

之後

紅

女人從家走出，喀喀喀，青春的打擊樂敲擊著磨石子地磚，妖豔之聲。女性親友們，姑姨們，身上飄散蜜絲佛陀皂的冷香，頂著彼時流行的大波浪捲髮，笑聲誇張，和這一切同樣清晰的是高跟鞋聲，每一步都踩出一枚高亢的音符。當我在客廳看電視，只要聽到門外響起張揚的鞋聲，就知道是她們來了。

她們來了。飽和的藍紫色眼影，同一色系的連身花洋裝，筍白的腿踩進高跟鞋，美麗佳人。有些姑姨們和我並沒有血緣關係，但只要記得對著她們高喊阿姨，她們就會邊說欸好乖邊從珠光綴滿的提包中，翻出外包裝精美的餅乾糖果，上面印著異國文字，塞入我的掌心。

其中一位我要叫孟姑姑。她和母親好有話聊，香霧般的芬芳和淡淡汗味兒，從腋下飄散。我邊吃餅乾邊看電視，只要她們壓低音量或切成客語聲道，警覺的我也會切換模式：假裝看卡通，實際上仔細辨識對話內容。想來我的客語聽力就是如此這般被母輩的私語鍛鍊出來的。聽了幾個月，有些字自動反覆被吐出來：錢，她老公，啊好可憐。唉苦命。

但八、九歲的我其實聽不出個所以然來，因為有時不小心就認真進入卡通世界，忘了該繼續竊聽。或當我努力辨識客語的意思時，又不慎被那朵紅豔豔的唇給吸引。孟姑姑的紅唇太像電影明星了。於是我連帶注意起孟姑姑放下的茶盞邊緣，朦朧胭脂，紅色月牙。紅得那麼招搖又明亮，紅得令我分心，別說她們的八卦再無法留意，最後連卡通都不知道在演什麼。每次孟姑姑離去，我總搶先收拾茶杯，杯緣的唇印清晰，絲絲紋理皆在，好像準備開口說話。

長大之後，只要說起「性感」兩字，杯口的紅唇就如蓓蕾般在記憶中綻放，吐露香華。

黑線

女人從家走出，踏進父親的中藥鋪。

記得有個女人，眼線總畫得過分濃密（恐怕是紋上的？），總趁父親揀藥時，連珠砲似地講話。童年的我注意到她說話時，眼線會上下跳動，像蠕動的蟲。大多時候，她眉頭緊蹙，在眉間鑿出深刻的溝，那麼深，即使放鬆下來，溝已是一條黑線，掛在臉上。我不太清楚她講什麼。我的年齡和客語聽力，還不到可以聽懂滾滾紅塵中的男女情事，但看起來她很激動，有時嘴唇還無法克制地顫抖。父親通常不太回話，待他整齊包妥藥材遞給女人，女人會稍微緩和下來，從花袋中摸出銅板或紙鈔，遞給父親。收妥錢，她會從剛才中斷的地方繼續訴說，熟極而流，完全停不下來，直到下一個人走進來。

日後說起「苦命」，我會立刻想到她。黑線從眉心降下，話語從口中滾出，無聲吸納抱怨聲的漢藥材，是否燉出了焦黑的苦水？

「之前」的靜

另一個女人，從某條街走來。陽光熾烈，讓在光天化日下行走的人們，膚色似乎更深了。她常常這樣走來，沒打洋傘，沒帶墨鏡，卻始終蒼白。魂一般飄進來，恰好是倩女幽魂的年代。

印象中，我曾看過「之前」的她。中學老師吧，就是你見過的那些女教師，一頭黑得發亮的直髮（想到她的髮，一整個海倫仙度絲的人工芬芳就甩上我的臉，精緻的珠光色澤），聲音軟綿，溫婉中又帶些控制得宜的淡漠和嚴格。她的笑容讓你想靠近，但言談間又能巧妙地讓你跟她保持距離，不至交心的安全範圍。自制光輝從她身上發散，成為另一種淡雅的香水。和孟姑姑不同，她沒有瑪麗蓮夢露般的紅唇，也沒有誇張的笑和連珠砲似的長句，她的話語很少，淺笑很多，眼角細紋迷人。瞥見病歷上的名字，十分貼近她的氣質，其中一個字是靜。

股市狂飆的年代。一九八九年，討喜的紅，蓄積眾人的貪婪和企盼，一路向上破萬點，驚人的月利率，隨便買都輕鬆賺飽的散戶黃金時代。相熟的一位阿姨也參與其中，同時跟朋友一夥人投資新創公司。持續上漲的紅換來了名牌包，阿姨還送朋友一輛嶄新跑車作為生日禮物，出手闊氣。記得某晚，阿姨請全家上館子，酒喝多的她臉上飛來紅暈，我小口啜著起泡的蘋果西打，甜甜的，朦朧的幸福。

喜洋洋的漲幅換來豐厚的物質生活，紅色數字讓彼時的炒短線男女眼白泛起血絲，看出去的一切如此快活美好。大約就在此時，學校老師教導作文第一段，要寫上「時代巨輪」這類意義閃爍的詞，而「錢淹腳目」這般唸起來拗口的詞彙，也被我一次又一次艱難地寫在作文簿裡。其實我不太懂這是什麼意思，只知道這樣寫就會拿高分。

萬頭攢動，群情激湧，交易所的男女們眼瞳一片紅，香檳瓶口噴出滋滋滋的氣泡，喜慶嘉年華，並不知曉危機即將到臨，奮力衝刺的甜酒浮沫暗示一切：凡上漲必有下跌，終將化為泡沫。一切有為法，如夢幻泡影。一九九〇年二月，台灣加權指數一路從破萬持續下墜，八個月後只剩兩千多點。紅到極致之後，竟是血海一片。同年，又發生知名的「鴻源案」，對不少人來說，恐怕是不堪回首、家產散盡的一年。

如是也開啟了靜的「之後」。

「之後」的靜

長大以後，我才從母親口中，知曉她的丈夫就是在這波經濟泡沫中的受災戶之一，崩盤的股市讓靜的丈夫損失好幾百萬。不，正確地說，應該是丈夫拿妻子的積蓄投資，或說瞞著妻子進行高風險的投資。至於靜的丈夫到底做什麼則眾說紛紜，有人說他也是老師，也有人說他以看盤、買賣為業，綜合來看，極有可能是從教職退休後投入投資市場，自信滿滿的他將家產悉數投入，孰料全家都被這波海嘯高高捲起，連人帶錢拋擲空中，撞石撞山，所剩無幾。積蓄順水流，關係起毛邊。如露亦如電，應作如是觀。

以這大事件為分水嶺，之後，靜就壞了。

每次她來，總一副失眠又無心梳頭的模樣。直髮亂翹，光澤不再，黑眼圈加深。她會瞪著把脈的父親好一會兒，然後張開乾裂的唇，開始罵丈夫。不知道在父親指尖下跳動的脈相是否紊亂？其實不用懂啥脈相，在調劑室的我從透明窗扇看過去，一眼可知此刻的靜必定不平靜。飆高的聲線，含恨的目光，講到痛處還落淚咬唇。悲情敘事中，有幾個關鍵詞每週都浮現：我丈夫，我的錢，什麼都沒有了。然後音量轉弱，進入嗚咽。

身為中醫師的父親如何安慰她？其實我也忘了，如果有，約莫是人生如此，何必自苦，要放下云云。彼時的診間書櫃有一系列的林清玄，女人痛楚的時刻，隨手捻來的菩提藥方。還是多半時候，父親其實什麼也沒說，等靜倒完苦水，似乎突然想起「之前」的自己，吸吸鼻子，嚥下口水，用指尖梳整糾結成團的髮絲，試圖重回美麗佳人時代，即便那僅剩殘渣泡沫。她低聲說：欸李醫師真不好意思又佔用您那麼多時間。

待她走出診間，我偷瞄她一眼，噢，她的眉間也被刺上一條黑線。

領藥包時，只要父親沒別的客人，她又繼續把剛剛的事情從頭講一遍。我注意到她的眉心確實有一條淺淺的線，隨著劇情進入高潮，最恨的橋段，那條淺線就變成了黑水溝，配合恨到咬牙切齒的獨白，黑水溝加深輪廓，凶險異常，男人的，丈夫的，金錢損失的黑歷史在洶湧的暗色渠道間急湧。刷刷刷。「之後」的靜也成了那名定期來家裡抓藥的苦情女子，眉間刺著：我恨。

恨到最高點

多半時候，診所也有其他人等候。診所沒裝電視，幾張報紙翻過來翻過去還沒輪到自己，大抵上只好收聽靜老師的每週一罵。幾位慣來店裡抓藥的女鄰人，還沒聽完「之後」的靜的描述，即可同仇敵愾地數落她的丈夫（我恨），順便將自己「之後」的曲折痛史攤開來互文一番，親熟地互相評點，互為註腳，最後還能添上聽來的數條悲慘女史作為參考文獻。（我恨）畢竟是萬點跌到兩千點的浩劫，以及賠上家產的詐欺案，即使僥倖逃過，身為女人總有類似的受難故事，人財兩失，騙錢騙色，天哪恨到最高點。空氣中被尖銳話語抓出血痕無數，內臟般懸吊在診間，憎厭的敘事相互增艷（我好恨．恨．恨恨恨恨恨恨），診間成了屠宰場，陰風刮耳，寒氣逼人。

母親偶爾發現我在場，便用眼神示意「去房間寫作業」，準備進入少女時代的我，悻悻然回客廳，沒寫功課的心情，隨手打開電視，看當時我最喜歡的男歌手高唱：愛到最高點，愛到最高點。

靜來得頻繁，蒼白的臉依稀恢復血氣，瘦弱的臂膀看來肥充了足以揮拳的力道，連鋼絨般的髮都如刀山劍林。（欸欸欸李醫師您的藥方真有效）隨著時間過去，股市時有微幅漲跌，成人各自忙碌，壓力膨脹但同理心有限，靜的重複敘事不免令人煩躁了起來。有些女人回以：嗯嗯嗯是噢是嗎天哪真不敢相信，或是突然想起什麼似地揚聲：「啊李醫師我上次拿的那瓶藥裡面有加腸胃的嗎？」「李醫師吼，我妹妹的兒子的同學的媽媽問，國三才吃轉骨藥會太遲否？」貌似自然地打斷跳針的靜。大起大落，認賠殺出之後，亟待療癒風的平等吹拂，在一波從物質轉向心靈的餘緒中，也有人不免同情注視著靜和她的碎唸，從容吐出一碗心靈雞湯，希望她能從悲情敘事中超脫出來。

「之後」的靜不失敏銳。久而久之，覺察到旁人禮貌性的排拒和熱切的勸告，她幾乎就沒再出現了。

診療間的抱怨聲銳減。寂靜的春天。

兩週後

一通午休時間打來的電話，彷彿帶著堅決意志，響徹透天厝，持續，宏亮，幾乎是直達天聽的威勢。父親從昏睡中醒轉，拿起話筒。靜打來的。

兩週後的靜來電，簡單訴說症狀，原是將各種難治頑疾煉成一帖，後來說藥湯難消，得換成一罐藥粉，後來又說症狀複雜，藥效恐怕無法充分發揮效果，靜老師和李醫師討論的結果，最後拍板：腸胃、感冒頭疼、胸悶各一罐，每罐間隔數小時，輪流吃。待仙丹煉畢，靜又從街角幽幽現身，飄進診所領藥。

兩週後的她又恢復成話很少的女子（但再也沒有笑容），領完藥離開。但漸漸地，靜又開始主動說明這週病勢如何，提出不少問題，待父親解釋完的空白，她又瞬間跌入那個異次元，訴苦，數落丈夫，講到痛點根本顧不到後面有多少等候的人，經濟史家庭史如亡靈現身，咻咻咻。回不去的過去與關係，靜卻頻頻回首，舀起最苦烈的黑水，一口飲下又含恨噴出。母親從暗示到催促父親，但深陷苦痛的靜無法判讀，幾次下來，母親難免冷臉相待，客人也明顯不耐，之後，前來取藥的就是她的丈夫了。

靜仍舊先來電交代父親配妥各類藥，命丈夫來取。丈夫初次現身時正逢週末，診所裡坐的站的約莫十來人，看報、吃早餐、聊八卦、罵小孩皆有，當丈夫講出妻子的名，喧雜聲彷彿瞬間抽乾，動作停格，好奇的目光從四處筆直射來，停留在丈夫的側臉。即使背對他的婦人無法正視此人的五官，仍舊把握機會從開始禿了的後腦勺老練向下挪移，非得將那丈夫的卡其色外套、深藍色休閒褲及褐色拖鞋看得透澈。

約莫察覺到氣氛驟變而目光灼熱，丈夫赧著一張臉，匆匆付了錢抓了藥轉身便走，忘了拿回找他的零錢。從此我記住了靜的丈夫，讓靜從「之前」變成「之後」的男人：那是張歉疚的臉，做錯事的臉，想拿什麼遮掩五官的臉。後來男人從不在週六上門，專挑人少的週間下午獨自前往。再之後，丈夫跑得勤，因為一週的藥五天就吃完了，有時三天就吃完了。父親講電話時皺眉：就算藥性溫和，也不能吃這麼快吧，藥不能當飯吃。我猜想聽筒的那一端，是再也無法平靜的靜。

股市由紅變綠，綠又盪回紅，但「之後」的靜再也回不到「之前」的靜。

日後瘦身成為風潮，一家瘦身機構在報上刊出「之前」和「之後」的女體廣告。真的是同一個人？真的是同一人噢。譁然。羨慕。怦然心動的瘦身術。

不過直到現在，想到Before和After，靜的臉就會清晰浮現，尤其是那眉目：我恨。

更多的之後

之後的靜和丈夫不再出現。

而我最早看到眉心被咒怨銘刻下黑溝的女人呢？多年後，她曾出現一次，全身的風霜和痛楚一望即知，那次她來揀藥，又聲淚俱下。那時我已夠大，到了母親願意對我訴說女人事的年紀了（這次不用壓低音量，也不需切換成客語）。女人離開後，母親唉唉嘆道，那女人口中多年詛咒的好賭丈夫竟然死了，過了一段時間，兒子也意外在車禍中喪生。唉。家裡終於只剩她一人，卻無法自在，淚仍舊流不盡。

之後，更多女人繼續說，女子抱怨丈夫，婆婆數落媳婦，話語積成滿室怨念，白牆發黃，鮮花枯萎，時間凋零。偶有男子開口，大談股市經生意經賺錢的門路，父親始終在那診間裡收聽這一切。其實我也不確定他有沒有在聽，他始終像寫書法般低頭寫病歷。

之後，診療間掛上寺廟方丈的手繪觀音，觀音以那雙不怒不威、不悲不喜的眼目，靜靜注視。她肯定聽進去了，悲情女子捧上陳年苦水一罈，觀音用純淨甘露水來滌。雄心萬丈的男人吐出虛擬金城一座，觀音用柳枝點了點，城池轉眼成灰燼。楊枝淨水，遍灑三千。

我以為快要忘掉靜的時候，歷史重演，時光倒流。

碾壓一切的時代巨輪又來了。

多年之後

當我再度想起靜和她的丈夫時，才意識到手中正吃著父親配的藥。那段時間，我一緊張，就去吃中藥粉，一大可以吃五六次，反正吃不死人。打開櫥櫃，怪怪我也同時有三種藥，腸胃、感冒流鼻水、胸悶難眠。七天的藥不到五天就吃完。正因如此，我想起了靜。

想到丈夫，想到他的一擲千金和損失，想到天真善良正直的他究竟為什麼也走上此途，不惜押房產借貸，以無比堅決的意志投入其中。我們相識於雷曼兄弟破產的那年，當時聽他談此事和未來遠大的夢想時，我覺得離金融海嘯很遠，聽過那麼多散盡家財的悲慘故事，終該來到前景看好的光明時代了。不過光明中仍有貪婪火焰；應該說光明是否也由貪婪火苗所點燃？而火焰，也不總是容易化紅蓮，反倒熊熊燃盡錢財和信任，一次，再次，又一次。於是我也跳針地向他和我的家人重述一次，又一次。每次事發後，反覆的還有意義分歧的解釋，邏輯縝密、自成一格的說詞，最終捧出一碗（黑心？）心靈雞湯：我們要覺得慶幸和感恩，至少還有房子可以住，好在妳也還有存款不是嗎？妳到底在擔心什麼？這都是過渡期，很正常。心胸開闊，想開一點。自問：我在擔心什麼？為什麼不想開一點？邊想卻不自覺將中藥往嘴裡送，一匙兩匙，再一匙。

吃藥讓我想起父親。

想起在裊裊漢藥香中注視著苦情男女的觀世音菩薩。

如果嘴裡沒有粉末，只要看到他，我就會倒出苦水，停不下來。安慰自己，上次救不到，這次至少事發後幾天因丈夫神色有異，先說周轉很快還，後又言詞閃爍，層層逼問出來已是夜半。鐵著臉硬要他將剩下能轉回來的錢全先轉回來，但要說起之前的那些，唉，說不下去了。之後，唉，也是不好說。（靜也有無言以對的時候嗎？）能說的全說盡，說到口乾舌燥，說到天荒地老。終於我也變成「之後」的靜。有次想這樣下去不是辦法，是啊該想開一點，於是靜下心來問他答應我不會再買了吧。他倒誠實以對：就放個幾萬塊試試不同策略而已。當時我正開車，意識到的時候又滿臉鼻涕眼淚，手抖氣喘，正以超過一百二的時速奔馳於公路上，眾車閃避，烏雲壓頂，暴雨即將來襲。

那時正逢寒流，最冷的冬天。往回算的前幾年冬天，也是美股和虛擬幣的寒冬，說不準的全球暖化，氣溫暴起暴落，一夕間，溫度和指數狂跌到世界的盡頭。沒隔幾年，凍到谷底的又被炒到熱燙燙，漲到雲霄。說到底，炎涼冷熱不就是世間真相？熱錢最終貶成冷幣（斃？），也只坐實了無常真理。我翻過來想過去，徹夜難眠，日常中斷。淒冷的冬日絕望吞進好多鍋物：隨意拿取的王子麵連吃三包，不愛冰飲的我竟也喝起百事可樂（你倒是說說看，百事如何可樂？），冰淇淋一球兩球三球五球，爆米花堆成垛（你說啊到底是為了什麼？）。人要往前看，既然事情已經發生，想想現在你能做什麼？丈夫說。想想你已經擁有的一切。要對未來充滿希望。不要一直回到過去，拿別人的錯懲罰自己。丈夫說。

話語如火鍋店的王子麵層層堆疊。善於詮釋的丈夫最終令我無話可說。他侃侃而談，我則盯著牆上喧譁的電視新聞，記者說：比特幣大漲，比特幣大跌，疫情肆虐，全球暖化，這麼多張嘴在說話。想起他大手筆買了futures之後，完全沒有理財知識、只是一股腦信任他的我，接連數天拋開工作，投入心力搜尋相關資訊才能跟得上丈夫的邏輯，還有，他到底買了什麼？當我輸入futures而螢幕跳出「期貨」時，心頓時下沉，成長階段從父親中藥行裡大人言談間聽到的幾個關鍵詞倏地跳出腦海。Futures？啊。Futures！啊。Futures，誰的未來？只能讓我不斷回到過去，此刻中藥行的成人言談如馬賽克拼貼，如霓虹燈流轉：錢淹腳目啊，輕鬆賺飽飽啊，講到口沫橫飛、紅光滿面的男子，熱錢滾滾啊。然後是滿臉愧色的靜的丈夫，講到聲淚俱下、歇斯底里的女人，那是「之後」的靜，跳針的靜。跳針的還有那些嘴：當我搜尋期貨、虛擬幣的相關知識後，有段時間只要打開網頁，眼前出現的文章、圖片和影片連結，大抵都有「一週僅工作〇小時但月收入〇十萬」、「在家工作年收入多少多少」的標題，如同張大的嘴，敘說輕鬆賺錢的秘笈和策略，閃閃發光的愜意人生，那麼多不斷說話的嘴，吐出一條紅毯般的榮華前景，由黃金鋪展開來的future。

火鍋熱煙蓬蓬聚湧，如同舞台乾冰，「之後」的靜總在暴食終曲前緩緩現身，看她悲傷凝望著我，如同方才我在洗手間的鏡中見到的自己，眉間的悲情河道流過歷史，流過世代，終於流向我。曾經，悲傷河流淌過那些我讀過的文學作品、文學獎稿件，年輕寫手筆下的幾個詞總讓我忍不住用指尖撫摩：父親，投資失利，公司倒閉，賭博，負債，期貨，消失，背棄，啊，我專注撫摩這些簡潔乾淨的字詞，猜想背後究竟藏了多少「之後」的靜？跳針的靜？壞掉的靜？活在過去而充滿恨意的靜？被迫扛責任、收爛攤、還債養家的複數的「之後」的靜，又如何度過她們（多希望再也不會來到）的future？我能做什麼？現在和未來的我能做什麼？邊思考丈夫的問題，緩緩再將一包王子麵丟入滾沸的鍋中。

洞與缺口

他出門了。

屋子又回到靜止狀態：書沒有被打開，沒有隨手揀來的衣牌充作書籤。她喜歡剪下孩子新衣上的吊牌，充作書籤。讀過的書偶爾會被倒扣在桌上，化為一座孤單的島，裝盛那麼多聲音，自言自語。換下的衣服搭在洗衣籃緣、餐椅上。碗盤、湯匙和筷子在烘碗機裡靜置，昨晚的熱度已消退，等待下一次被咖哩、胡椒、番茄醬和橄欖油所揮灑、塗抹，熱烈而動態的一刻，歡欣活著的時刻。

她獨自在桌前喝紅茶，觀察茶葉在熱水中舒展開來的模樣。目光停留在眼前那排書櫃上。現在沒有倒扣在這裡那裡的書守護著獨立宣言，所有的書都被整齊排列，連同某些夾頁中的彩色標籤，以及標籤上的鉛筆塗鴉。她的書，他的書，孩子的書。知識之神就蹲踞在那兒，她看見了，偉大的神統領著全部加總超過百千萬字的浮動話語，話語正安靜各自棲身於不同的敘事情境：瑰麗、浮誇、沉靜、低調、喧譁、稚拙。

（稚拙。當我打出這兩個字，注音系統直接選了「炙灼」，語言也會燃燒麼？如同熱地獄中的烈焰，會有菩薩端坐其上，讓火焰化／話紅蓮？再次修稿，注音系統又選了「炙灼」，是否這個詞已是不經意的語言慣習，而對我瞭若指掌的系統說出了這閃爍火星的字眼。）

（於是我盡量耐心地重看字詞選單。系統提供別的選項：滯濁。乍然想到後陽台的臉盆內，浸泡著曾經潔白、現已灰黑的踏腳墊，它安然在汙水中靜止，全然接受逐漸用舊、被磨損的命運。）

知識之神統領一切而不加以主導，即使彼此間有所矛盾，但祂讓不同的敘事之河緩緩流進讀者眼瞳，與他們的知感、創傷記憶、個人史交織相連，細密嵌進去，成為他們既嶄新又古老的生命圖冊。

就像剛出門的他，勢必夾帶了書架上提供的觀點。無論他穿什麼衣服、去見什麼人、腦海盤算著即將說出來的什麼話，似乎都由這些觀點所輸送，成為無法察覺的慣習。這些觀點來自於不同國度的人，他們有不同膚色、國籍、家庭背景，但有一個關鍵詞約莫可概括：成功者，百萬富翁，身價千萬億。不管是誰，他們可能擁有晦暗的過去，像是倒閉、負債、燒掉千萬、背信的朋友捲款而逃、老婆帶著孩子揚長離去、一天吃一塊披薩，或在街頭垃圾桶翻尋殘羹這些基本設定。這樣的故事其實不好看，也不太有機會被出版，因為少了些元素。只要從書架上抽出另一本她的書像是談寫作的「敘事弧」吧，作者會問你：那個所謂的「弧」呢？下墜等待上揚，上揚到某一程度必然迎來抖落，已到谷底的人生得有反彈。

好了，成功者們經歷一次又一次的失敗，一次又一次的努力，咬牙不放棄，終於奔向甜美的果實，像是：一週工作兩日，其餘時間就和妻兒四處旅行；又像是大部分時間在山徑中思考並拓展出新的商業模式，隨時打開電腦就可工作並擁有一個月幾十萬進帳的愜意生活；又像是，像是。

但裡頭到底省略了什麼？敘事者如何說這個故事的？她始終困惑卻也沒時間細究裡頭的瑕疵，或說所謂的敘事策略。

在書櫃周遭仔細聽，彷彿隱約聽出細細的白噪音。以為是旋轉的風扇，但在扇葉停止移動，彷彿還有什麼細微的聲響。是作者們的故事與觀點？還是她與他越來越劇烈的爭執？正確地說，恐怕是受不同作者群的敘事渲染，所引發的口角衝突。

在他的那幾格書櫃裡，放置著百千萬億富翁的傳記，生財之道與生活哲學，每本書都有個百萬富翁的勵志人生，低谷，向上爬，最後攀頂，只要靠著他們的ＳＯＰ，快速致富不是夢。佔據大部分書櫃的則是她的書，文學為大宗，同樣也有不少傳記或以真實人生為底本的小說，裡頭有不那麼勵志的人生，但，也很難說，例如某次當他又說起銀行倒閉、眾人失業的末日景觀時，她正好在讀泰拉・維斯托（Tara Westover）《垃圾場長大的自學人生》。他令她想及書中的父親，相信千禧年的那一刻便是末日，於是多年來在秘密處貯存大量石油、武器和彈藥，相信在電腦大當機、眾人皆恐慌而災難降臨的末日，擁有強大資源的他們能獨佔未來，強悍而富有。這位父親的籌謀與綢繆令她想起他，超俗又瘋狂的一雙眼，她曾被那灼灼目光所誘，相信他所擘劃的虛擬城，自信且堅定的眼神，他最常說「為了我們的未來」。我們，這兩個字燙金，那是故事的第一章，對「我們」而言輝煌的一章。

第二章：為了支持他的夢想大業和財務自由，頭幾年她甘願獨撐起家中大小開銷，付帳單，始終沒養成記帳習慣，完全信任他的財務管理，如是倏忽過了七八年。婚後、生育和養育緩緩改變他們的日光和臉孔，她的臉面向孩子，而他則日益沉浸在繁多的線上會議。她漸漸習慣只看到忙碌丈夫的後腦勺，唯有從他面對的電腦螢幕裡、被切割成幾個畫面中的其中一個，奇妙地看到丈夫的正臉。偶爾她會對此納悶，混亂的現在如何通往他口中鍍金的未來？未來，妳要相信，他多次說他感覺自己所經歷的一切都和書架上那些傳記人物一樣，他們有類似的思維和信念，特質相通，快到了，他可以感覺到，妳要相信。灼灼目光。

現實和螢幕中他皆目光如炬，伴隨著開朗的聲線。偶爾她瞥見螢幕中突然闖入書房的自己，門洞開，她被後頭的光束煨成黑點，相對於他的頭，她的身子比例顯小，卻已充分地凸顯日復一日的混亂家常：休閒服、亂髮、木然的臉。她從螢幕的切分畫面中瞥見那樣來不及修圖的自己，赧然感席捲全身，後來只得壓低身子潛入書房找到鉛筆還是修正液，但壓低的身姿也被螢幕攝影機忠實地注視，發光的綠眼睛，眨呀眨地。如果那眼睛會說話，一定會要她繼續堅信，未來很快就來到。第三章及接下來的幾章大抵如是，如婚姻，如老調／掉的愛情，敘事再無蓄勢的可能，重複大抵如是。

從那間國際連線的書房中，除了拿到該拿的鉛筆、修正液或印章存摺之外，她也接受到其他資訊，從他煥發面容和爽朗笑聲中，朦朧地揣度，那些成功者故事的前幾章節正在發生是吧。「妳不知道正走進歷史現場嗎？這值得記錄的一刻？」事後他笑著對她說。當她幾度說出他令人無法忍受的偏執時，他最常笑說的一句話就是：記錄下來，以後可以寫進我的傳記裡。走出房門，她繼續邊工作，負責餵食並接送小孩，盡責吸收親子教養和情緒管理課程，風風火火地開展戰鬥的一日，到了夜裡才能把自己丟擲上床，躺成靜物。

沒有會議的時候，她打開書房，看他戴上耳機，仍正對螢幕。此時螢幕中沒有分割畫面，唯有一人站在舞台中央侃侃而談，雖然聽不見聲音，但她能從那人的神情中讀出飽合到滿溢出來的自信，想必是精采的演說。她說吃晚餐囉。（比起後幾章的靜默和精簡的直述句，前兩三章的句尾還能有上揚的「囉」或者「喔」，富含水氣的字句到最終已悄然乾涸。）他當然沒聽見，耳機阻斷聽覺，著迷地沉溺在螢幕中的成功者們。那些總在耳際掛著藍牙耳機的人，始終給她一種俐落的印象：恆常的忙碌、綿延的會議和擁擠不堪的行事曆。從何時開始，他也常掛著耳機，另一端連結激情的演說：月入三十萬，年收百千萬，璀璨的脈礦，源源不絕的掏金者。

吃晚餐囉。吃晚餐。晚餐。連說三次。好像說給自己聽。

他終於拿下耳機，回頭，微笑說，好。

記不得多少次他在餐桌上迫不及待分享著演說內容。這些know how。朗朗上口、易於記憶的那些法則。淘洗和精煉後的人生哲學和智慧。月入三十萬的方法。年底前百萬美金收入。每天寫下十個點子。她則注視吃飯中的孩子，忙著回應孩子的話語、提防孩子用油膩的小手抓她的上衣，湯匙哐噹落下時協助撿起，孩子互扯頭髮時適時分開他們（深呼吸問自己：此刻你有什麼感覺。爾後察覺自己拳頭是緊握的、眉頭是糾結的。她試圖用深呼吸打開這一切）。但他無視一切繼續說。

平靜下來的孩子各自畫畫、組積木，孩子的情緒來得快去得快，如風捲去落葉。她跪在地上清理木地板上的飯粒菜屑，清洗瓷盤和流理檯，水聲嘩啦啦，將丈夫激昂的演說切成片段，聽不太真切的她仍盡責嗯嗯地回應他方習得的成功理財秘訣和新生活運動，還有他什麼時候要出國參加某些頂尖人士的會議。

被蒸餾出來的金科玉律後皆有動人敘事。她起先也聽得入迷，但不知是要洗的碗盤變多；還是待辦的事項變多，家用垃圾變多而精緻的物件變多；致使分類愈發困難；帳單變多煩惱變多白髮變多，她開始在他的動人敘事中出神，不自覺漫遊在空氣清淨機的品牌、房貸、若干物事比價、家族糾結的關係、耳語、夢境、浮景這些那些瞬間爆炸、繁殖的現實斷片裡，彼此沒有係屬、毫無邏輯的畫面和聲響，最終仍迫降當下，被歸納出的簡潔原則，敘事者的賣點：三件事，十個步驟，五個地雷，七個問題，六張藍圖，一個原則。連續十天。早睡早起。專注呼吸。勇於說不。承認恐懼。擁抱自己。迎向未來。

有時候她回不來。慷慨激昂的陳詞最後，只能心虛回應：很好。不錯。值得深思。印象深刻。彷彿她是多年前補習班的作文老師，得在一篇篇文章最末給出意義模糊的標準化評語。這樣不足以掩飾她的歉疚，或說她想轉移話題的意圖太明顯，一個聲音從嘴邊彈出：「明天早餐吃什麼？」「明天出門嗎？幾點？」「我開會到較晚，孩子你接？」話語益發簡潔，卻足以完美攔截剛被噴射在空氣中的法則、原理、技巧和秘訣。她越說越少，對話也淪為自言自語，有時候她講了一分鐘才發現他拿下耳機說：噢抱歉。（原來剛剛他的聽覺是被覆蓋的）他所有發光的夢想造句總能接上她現實的陳述，不知是他太滿太擠太躁的雄辯吃掉她說話的慾望，還是這其實是婚姻的其中一種定義，只是她停留在沉默之丘比較久而已。比起提問和爭執，簡潔之語實在是太柔軟的棲身之所，流沙般迅速陷入，她多想乾脆恆久躺在那文字消逝的曠野，在十個原則三項錯誤一個核心之外的，寂靜的所在。

但後來回想（後見之明，正是敘述最殘忍也是最慈悲之處），是不是正因心神上的缺席，她才忽略了持續蓄勢的晦暗敘事？想像中，敘事也正悄悄養肥那個下墜又彈起的弧？無數次的反省讓她驚覺，到書房去不該僅是壓低身子，像竊賊般從抽屜中摸出鉛筆修正液之類無關緊要之物，而是把頭抬起來，好好注視著螢幕中切分的所有臉孔，那些所謂的成功者、創投者、創業者、夢想家，看看他們如此投入於拯救世界的熱切，也看看他是如何從他人的故事中採集素材、重製語言、注入個人風格（集童年創傷、成長教養、文化慣習等複雜元素）後製而成的多元敘事，讓這些潺潺的雲端書寫推搡著他，像暢快的河流直到撞上虧損的暗礁和借貸的漩渦。她該這麼做。後見之明。

幾次他特別從電腦螢幕中移開，回過臉，溫柔注視著滿臉疲憊或面無表情的她，問：「可以跟妳談一件事情嗎？」通常這件事會有光明的開場，美麗似錦的未來，前途一片閃亮，然後敘事如何經過枝蔓和障礙，夾雜一些她從沒認真記住的關鍵詞、術語：華麗又嚇人的多音節、顯赫的名人背書或研究大數據等等，最後一定抵達核心：有個很不錯的投資機會，想不想加入？或是我需要錢周轉一下，很快就還。

「周轉？不就是欠錢又跟我借？」到了最末幾章，她也學會直接了當地問，繞過那些如鐵絲網的多音節。依照過去經驗，修辭和術語真是絆腳石，蔓生的詞語最後把她搞得暈頭轉向，然後怪罪自己的膚淺和多疑。

「我不會這麼說。」眼神中又恢復光彩：「記不記得我跟妳提過的『成長型思維』？語言的正向或負向會影響思維，思維影響行為，行為影響命運。」

「那所以是？」她偏頭想，一邊提防自己再度墜入語言纏繞的迷霧。

「這不是負債，精準一點來說，這是暫時而必然的『資金缺口』，是的，缺口，」他的自信膨脹起來：「缺口，就是缺口」，語詞被安放在正確的位置上，但她卻恍神起來，抬頭瞥見客廳天花板的一處，和牆的縫隙間有個小黑點。蟑螂曾在那細縫處生蛋，踩在椅子上的他試圖取下輕而乾燥的褐色殼鞘，瞬間脆化成碎片。莫非這也是蟑螂蛋？

「這只是一個，你知道的，過渡期，有錢人都是這樣的，甚至妳可以把它視為學費」。學費，她複誦這個字，想到才剛繳完孩子的學費。學費。學費。學費。不知為何唸誦起來卻倍感陌生。學費，聽起來確實比虧損來得更正向，她承認，字詞的選擇影響感受，這也是寫作教她的事。她想感受一下此刻的自己：連結，也是另一本書所教導的。學費，虧損，虧損，學費，字詞在她意念中輪流被誦出，像依序撫摩佛珠那般。爾後她感覺有一個洞在生成，在胸口。是的，在胸口有一個洞，一個缺口。她同意他所說的語言的力量，她感受著言辭和胸口的洞都正在擴張。「我們應該將每次的負面經驗視為學習，這是很珍貴的學習經驗。其實是。」他走過來摟住她。

後來又發生了幾次缺口。噢是學費，聽起來都比炒股玩幣所造成的漏洞來得優雅。

後來她納悶：為什麼你的學費，要我或全家幫你付？她避開他最愛用的「我們」，婚姻關係中的「我們」不該被過度濫用，她開口：「『我』想問」，當「我」出現，無意識的「我們」就在此處綻開了一個小縫隙，婚姻的第三隻眼，「『你』說的有錢人？像誰？」

此刻他將目光望向他所信仰的知識之神，他的書櫃／神龕上的大神們。架上供奉的百千萬億富翁和成功創業者的傳記。像這位H，那位J，還有那位

B，我正在聽他們的線上課程（學費不貲），他們都經歷過艱難的資金缺口，靠著貴人像是創投啦老婆啦默默支持，助其一臂之力，再度攀登生命高峰。這些面目模糊的成功者們。她曾經好好地想了解其中細節，但所有他的書都是英文，她讀英文書的速度遠遠不及他，讀一段，查一下字典，精采的發跡故事就被她讀得坑坑疤疤，像寫壞的小說，最後僅存拼得不完全的英語單字，艱澀而不易發音。

她確實相信這些故事，不是因為故事說得好，而是支持所愛的人不是應該的嗎？那些說不出書名或因失憶而混淆的故事，其中的主角是否以絕對或盲目的信任，對枕邊人深信不疑？難道正因那都是第一人稱；有侷限的第一人稱如同壓低的身姿和掉漆的視角，太多的省略、濃縮、刪除，又或者她只是狠不下心面對他的柔軟，突然抖降的音階，歉疚的神情，深情的眼目，重複的說詞像是：我不是故意的。確實是個致命的失誤。下不為例。這一切都是為妳好，希望給妳和孩子更好的生活。黑暗中，缺口被誠懇的聲音所填補。家屋下，迴盪著歷史中諸多男子、丈夫愧疚的陳詞。

「所有的失敗只是看起來像失敗，但都是暫時的。」聽他說完這句話，她又抬眼瞥了那疑似蟑螂蛋的黑點。不知為何現在看起來似乎又大了一些。但不可能，想必又是一枚空殼。

「成功與失敗。虧損與賺錢。倒閉還是東山再起。負債或者用錢來做更有效的投資。這些都看你怎麼定義。」定義。是的，定義。她朦朧想起過去她所上的研習也提到所謂的定義：對自我的、外在世界的定義。在他動人而顯現為寬容的定義中，她總覺得似乎與言語所指涉的物事不太吻合，語言像是大了一兩個尺碼的衣服，鬆垮垮罩在事物的表面，多餘出來的空間就是詮釋的空間。

他最喜歡問她：接下來三年妳的目標是什麼？妳如何定義自己？還有夢想嗎？她愈發沉默，愈來愈不知道如何定義自己，坦白說她真的只想把今天順利過完就好，沒有太多麻煩，沒有緊急打來的電話要她臨時應變，這樣就好。夢想？確實沒有，夜裡不作惡夢就謝天謝地。

每隔一段時間，資金缺口和周轉就會發生，每次發生，她又會經歷再一次所謂關於定義的演說，也會再一次看到驚懼與不安正猛烈攻擊她的腸胃和喉嚨。有些善意的聲音提醒：妳也要負責任，怎麼容許這樣的事情一再發生？妳就不要再幫他了，讓他自己想辦法啊。周轉／借錢。學費／虧損。過渡／終點。有次她狠下心來不讓他用「周轉」的方式去「繳學費」了，他愣了一下但維持著友善態度：沒關係，我尊重妳。他其實很良善，她從不懷疑這點。背過身去的兩人回到各自的房室，她為過去不曾如此堅定的自己鬆了一口氣，但一躺上床，欺壓而來的是深深的歉疚，腦海滾沸諸多話語，不知從哪個歷史敘事場景追討而來的洶湧澎湃，臉孔是模糊的、情節是斷裂的，但聲音卻是清晰而堅定的：妳不支持他。妳怎麼可以不支持他？他確實曾哭著對她一字一句地說：「妳不支持我。」她惶然，想問但沒有說出口：「請定義所謂的『支持』。」（不過慶幸的是，她不用定義最難的：「愛」）深夜她從夢中嚇醒，全身是汗。

等到眼睛逐漸適應黑暗，她才發現乾渴難忍，摸黑到廚房喝水。沒有開燈，害怕看到此刻正靜止或爬行的德國蟑螂。她無意識注視著眼前的書櫃。憑藉著大樓外微弱之光，彷彿看見櫃上緩緩蝕出一個又一個黑洞，像達利筆下軟綿的時鐘，上面沒有指針，只剩無盡的黑暗，像是說不出任何話的、張大的嘴。啞口無言，話語墜落的空白荒野。

凝視這些缺口出神，朦朧想起方才的夢。在夢裡一切如此真實，不連貫的敘事在夢中都如此合理。情節隨意跳接，人物瞬間轉換，錯漏的對白和錯誤的場景都顯得再正常不過。

長久注視著那些書冊，直到薄薄的天光從窗簾縫隙溜進來，逐漸喚醒書背上的名。她有股想說什麼的慾望，於是她出聲，從看到的第一本書開始唸起，讓聲音撫摸著眼前高高低低的書名（也是眾多個「我們」起起伏伏的人生哪），直到那幾格櫃子的書名像一首詩被朗誦出來，她才回房繼續她的夢境。

虛線與斑點

大約半年，我會踏進這棟大樓。

坐電梯到了某層樓，以鑰匙旋開兩層厚重的門，當第二層門被打開時，會有歡快的五個音符輕輕奏響。機械化的提示音，像是替誰說出的歡迎光臨。摸到壁上的燈，開啟。窗簾恆常拉上，落地窗是緊閉的，顯示平日無人居住。外頭的日光從簾幕縫隙間穿行，音階躍上日光中浮動的小塵埃。

附有旋轉盤的大圓桌，寄存著主人對家族團圓的渴望，當初推銷人員將搭配的十張椅子說成「十全十美」，誘導主人立刻購買這張過大到唐突的桌子，擺放在一進屋的最顯眼處。事實上只有頭兩年的過年，十張椅子中的其中八張確實被坐滿，桌上有熱食和熱議話題，漸漸地，親戚不再往來，連過年也不上門，又或張羅一桌食物太費事，不如在餐廳較省事。椅子被搬移到臥室，當工作椅，拆散的椅子宛如疏離的關係。

圓桌正中央擺放藍綠漸層、混色至交融的水果玻璃盤，盤上空無一物，除了輕煙般的塵埃。曾經裝盛發皺的蘋果、發黑的香蕉，以及在時間的作用下逐漸變軟、發餿而釀出酸甜臭雜味等物事。後來這些水果被移置到冰箱，和薑啊蒜啊這些食材，一同蹲踞在空蕩蕩的冷藏櫃，被遺忘的角落生物。玻璃盤上也曾裝盛蘇打餅乾、黑豆核果等食物，即使過了保存日期，至少不像水果那般會悄悄留下汁液虛線或腐敗斑點，它們是被加工後的健康食品，即使衰敗也容易撐起健康的假象。

因為總會腐敗，後來連食物都不放了。其實可以放大賣場販售的假葡萄和木瓜什麼的，保證光鮮、晶瑩，永不衰損。但沒有，盤上只有代繳的帳單（再度遲繳）、管理委員會的開會通知（早已錯過），或從門楣上撕下來的春聯。春聯上的每個字都生機飽滿，幾乎是用吶喊和叫囂的方式，訴求著對財富和圓滿的極度渴望。現在這些字萎在水果盤上，畢竟距離春節已又過了驚蟄、清明和穀雨，夏至將至，這些蒙塵而過氣的字詞，則有說不出的哀傷。

曾經有株植物放在角落，主人說不用太常澆水、也不需曬什麼太陽（竟有這般奇妙的物種？）正好適合這裡被造訪的頻率。只要我回來，總是為這棵耐旱的植物澆水，摸摸不太肥厚的葉片，鼓勵它活下來。但最後它還是死了。褐色的花盆連同硬掉的土壤就被擱在陽台，風吹日曬雨淋。說不出的孤單。

花器。窗簾。圓桌方椅。水果盤。帳單和春聯。

連同冰箱裡凍到年歲錯亂的醬油、米、橄欖油、蘋果、麵條、餃子。

好一幅靜物畫。

走進這裡，我會想起曾經發生過的事。

明明放在抽屜裡，但隔了幾年後拿起這張照片，彷彿還可以摸到沙沙的觸感。是錯覺還是事實，顆粒般的材質依附在照片上的女子臉龐。她的妝太濃太厚，化完妝時她都倒抽一口氣：「這不是我。」不是我，那是誰？腦海裡浮現大學團康遊戲的集體群戲聲。在孩子看的繪本中，所有物事都會說話，狐狸兔子大象孔雀都有發言權，何況是靜物？我跌坐在並不如煙的往事中，聽照片開口解釋：十多年前，披著白紗的她，和他牽手走進這棟大樓，這間房，那一天，藍綠混色水果盤盡責裝盛又大又紅的蘋果，表面閃爍著油亮喜氣。

那是我，但好陌生，像另外一個女子：她。

她和他旁邊有位身穿粉色、戴珍珠項鍊的女士，在新人頭上擎著篩網，永遠搞不懂也無意弄懂的繁瑣禮俗。照片中所有人面帶微笑，被遮蔽的人也看得見一半的笑容，或至少是充滿笑意的眼神，瞇著，彎著。後面還簇擁一些人，婚宴後就幾乎沒聯繫的親戚，甚至在婚宴前後還有隱約的口角和不滿。他們一群人上樓，坐進十全十美的氣派圓桌和大器方椅，那天，十張椅子還不夠坐，妹妹和表妹們擠在沙發椅，能一群人相互倚著挨著，用白瓷湯匙舀起碗中的紅白湯圓，朦朧體會所謂的幸福美滿。

多年後，當我重看這張照片才赫然發現，當時從上往下的拍攝角度，頭上從髮夾中掉落下來的白紗邊緣，在女子眉間投下若有似無的淡影，而在這迷霧般的淡影下，她的笑容竟然像在哭，應該說，哭笑不得，滑稽的表情。

淡影之下則是掛在頸項間的金鍊。結婚時戴的金鍊究竟去了哪兒？連同掛在腕間的淡紫亮片珠串方型包，後來似乎都堆在娘家某處，可能被母親收在抽屜底，同時也卡在記憶與遺忘的邊緣，上頭層疊覆蓋著比較新的歷史。從上往下拍攝，鍊了下是難得一見的乳溝。當天新娘秘書喬果凍胸罩時喬出來的新地形，照鏡時她也為之驚愕。

果凍胸罩。

婚禮前和妹妹去內衣店買的，當時價格和使用率令她遲疑一番，但櫃姐說為了好看的胸型就買下去吧很值得的啊。試穿時，櫃姐也努力喬出了那條事實上不存在的溝壑。嘖嘖。真神奇。一拿掉果凍胸罩，溝壑立刻消失，她看著那一條剛剛存在但現實已無存的虛線。虛線永遠無法成為實線，當然也不會剛好就成為現實（的一部分或本身），那是虛構的、想像的、暫時的。

但往往，暫時的虛線恐怕是必要的。

不想被輕易說服，有些信念在必要關頭還是像頑石顯現出堅硬質地，於腦海中具現為一個又一個問題：只為了婚禮穿這麼一次，實在不划算哪。好像這個問題早就被櫃姐料中，她說怎麼可能只穿一次這很舒服很涼快好不好？妳夏天穿無袖細肩帶還是可以穿啊，像我還有我朋友以及我朋友的朋友都是這樣啊。複數型態的朋友們，有效又管用的量詞，能在短時間創造出瑰麗、蓬勃又面目模糊的總體經濟。然而奇詭的是，通常在意志力薄弱而物質又特別燦爛的時刻，這種沒人會仔細檢驗的說詞卻具有神奇的說服力。

攻勢繼續：我朋友的朋友的朋友她們當初也都覺得不划算但是我跟妳說喔後來婚禮辦完我們都還是有在穿喔，妳不要以為只是穿婚宴當天，婚宴只是一時啊。眼光要放長遠一點。婚宴只是一時的。如果當時有把這句話聽進去就好了。事後回想，這句話並不僅適用於胸罩，而是神秘的人生準則？在事隔十多年之後，這句穿過櫃姐聲帶、舌頭和完美唇形的話，其實也像課堂上無意識畫出來的虛線，不存在的對話框？虛實交融出來的話，對於十年後緬懷此事並硬將此話誤讀的我而言，簡直是發亮金句。

櫃姐說：穿無袖的時候或低胸的時候妳就會很慶幸還好當初有買。（但生過孩子之後她再也沒穿過無袖上衣，更別說低胸了）隨著櫃姐幾乎沒有標點符號的機關槍式話語，噴射出好多好多亮彩粉紅泡泡，更衣室的穿衣鏡也恰如其分地將穿上果凍胸罩的女子裱褙起來。

婚紗照的下方是白色置物箱。隱約知道裡頭是什麼，我還是打開了。帶著浦島太郎打開盒子的心情，箱內整齊陳列著婚禮的相關物件。婚宴邀請卡，禮金簿，當初沒被貼到門上的「囍」字貼紙，兩枝黑色奇異筆，應該是提供當初賓客寫禮金簿時用的。拿掉筆蓋隨意畫，一枝沒水，只能寫出空氣，另一枝勉強寫出瘖啞的字，我直覺寫了「夢」，結果還沒寫完草字頭就氣數已盡，只能恨恨刻出絕望的虛線。朋友的祝賀卡，香水紅包袋數枚（香水早已散逸，飄散出混合著衣櫃的陳年氣味）。翻開禮金簿，正是一部雙方父母的社會互動和親眷往來史，加上當年新人的同溫層與交友圈，一位我的舞者朋友當年包了1314元，一生一世。還是一生一時？當時只覺得有趣，現下看了怵目驚心。

打開婚宴邀請卡，當初請在紐約讀工業設計的女友麗莎設計，卡片像機票，模擬成新人喜愛的旅行，而麗莎當時遠距離戀愛的男友在邀請卡被印妥的幾年內，同時交往後來成為妻子的女人，在邀請卡被我放入收納箱的幾年後，得知男友即將成為別人丈夫的麗莎，心碎地搭上從台灣飛往紐約的班機，撇下無法進入海關閘門卻嚎啕大哭並亟欲解釋的男友（噢已是前男友）：雖然我跟她結婚但我還是永遠愛妳。當時她以為交往將近十年竟是一場連灰燼都沒有的空夢，沒想到登機的數年後完成了自己的婚禮，一個和她喜愛四處雲遊的異國男子。

埋在禮金簿和婚紗照之下，果凍胸罩的方盒乍然出土。

盒上是個典型的金髮白人女性，面帶微笑，雙臂叉腰，大方展示著膚色的果凍胸罩。黑色英文字：NU BRA，其中的B為粉紅花體字，兩個半圓體俏皮地仿擬成乳房模樣。B的上方寫著「MADE IN USA」，說明其血統來源。歲月讓白色方盒起了圓形黃斑，其中一粒斑點恰巧生在乳房正中央，不偏不倚，偽裝成隱形的乳頭。唉，黃斑。畢竟什麼都逃不過黃斑。我的一批書，放在離日光最近、又沒有玻璃窗扇護佑的那層書櫃，所有書都起了黃斑，最嚴重的一本是蘇珊桑塔格的《重點所在》，黃斑與褐斑從書的中後段侵蝕，重讀才發現斑點潑灑的情況最慘烈，好像貪食症吞噬每個字那樣，甚至想變成字、化成標點符號，搶奪話語權。

黃斑莫非也是太過鮮明的暗示？刷牙的時候突然想到。到了某個年齡，似乎容易墜入神秘連結、幽微神諭，比籤詩還具影響力，無論是數字、顏色、形狀、話語、夢境，凡所有物事皆是暗示，親族中的長輩們樂衷於此道，詭秘的詮釋學。於是那個上午，我重讀那篇被侵蝕得最為嚴重的篇章，蘇珊桑塔格對旅行的反思。開頭就說「異國相關旅遊書籍總是對立『我們』與『他們』的關係，產生受偏限的某種評價。古典與中世紀的文學多是『我們好，他們壞』，典型的模式是『我們好，他們恐怖』之類的」。泡沫在嘴中軟綿繁殖，我將它吐出，繼續讀第二段，也是被黃斑侵蝕得最厲害的一段：「當然，記錄文學與小說在十八世紀緊密相關，第一人稱的非小說類文學是小說的重要原型。這是旅遊騙局的全盛時期，也是遊記書形式的小說的全盛期。」黃斑像旅途中的塵沙，在書中綿延成駱駝商隊般的行列，但不是草間彌生畫筆下規律的典範生成，比較像是近年來濕疹在我身上起舞、蔓延的即興。

蘇珊的考古讓我無端追憶起十多年前的蜜月旅行「之一」。所謂的之一，意指在熱戀期容易將所謂的唯一留給對方，但其餘的「一」則派生成無數，因此連蜜月都是複數，凡是我們搭飛機到遠方履行的所有行旅都是蜜月，濃烈的愛情疊加經驗，因此去了舊金山、洛杉磯、京都還是塞浦路斯，每個都是複製出來的蜜月；或許該這麼說，最後去了何處變得不再重要，所有踏在腳下的每一吋異地土壤、砂礫都是蜜月分泌出來的存有物，那仍是個所有荊棘都是玫瑰化身；所有話語都是蜜語的蜜月期。

如櫃姐所言，婚宴後我還穿了一次果凍胸罩，正是那次的塞浦路斯旅行。陪丈夫（當時這個詞彙新鮮得充滿驚喜）去一座過去未曾聽過的島嶼開會，這裡的每間民宿幾乎都附設泳池，每天做的事情就是：游泳、吃三明治、喝檸檬水、讀書，繼續游泳、喝檸檬水、讀書，無論是坐在池邊的花傘躺椅上讀書，還是民宿房間讀書，好像村上春樹小說中的女人。大部分的時間就著泳衣，省得穿脫，正好陽光熾烈，從冰藍的泳池起身，圍上拓有旅店名稱的白色浴巾，在大太陽下站立幾分鐘，身體便發紅而乾燥。

赤腳踏著石階回房，特別喜歡回頭看剛走過的小徑上，一枚接續一枚灰黑發亮的濕腳印，那是踩過時間的痕跡。待陽光蒸烤，腳印痕持續融化，所有美好的一切終歸是無從回憶的虛線。碩大渾圓的落日接近海平線，沖澡後靜靜凝視天際，擦妥身體乳，仔細換上果凍內衣，光裸著發紅的臂膀，將自己放進連身裙中。那是還能理直氣壯穿無肩背心的時代，為了島嶼及島嶼所召喚的想像，我穿著背心搭配噴發熱帶氣息的花葉長裙，搭上等了好久的公車，然後沿著海邊散步去和丈夫碰面，一起晚餐。貼著乳房的內衣涼涼的，平衡著全身經過日光曝曬後的熱麻，顏色變深的後頸、手臂和臉龐，在夜風的吹拂下也都存留著跳躍震顫的刺感，彷彿鍍金般的光輝。屬於新婚的奇異恩典。我聞到海風輕吻後飄散出來的乳液氣味，玫瑰、佛手柑或者尤加利葉。

隔天，丈夫仍去開會。晏起的我出門散步，海天一色，如畫的風景。碼頭停泊一艘郵輪，我正瞇眼凝望船上所繪的海鷗時，一名褐色捲髮男子奔過來上氣不接下氣解釋：船、船要開了，現在上船半價，半價，還有、還有，位子。聽到半價，想反正無事，什麼也沒問就跟著男子，匆匆付了錢跳上船。啟航後的郵輪充斥歡鬧聲，船上有爵士樂團、歌手、免費的柳橙汁、可樂，還有吃不完的洋芋片，幾個人圍著樂團歌手跳舞，多數人聊天吃食，我則望著深藍色的海，偶爾看看人群。船開到某處停下，廣播傳來低沉嗓音，我還在努力分辨那些語音的意義，就看到不少乘客俐落地脫衣，露出裡頭的泳衣泳褲，紛紛從船身一側放置的長板快速奔向大海，歡欣游走了。這趟旅程停了三次，每次大約停留四十分鐘。臨時起意上船的我除了墨鏡和錢包之外什麼都沒帶，只能倚在圍欄旁癡望人魚騰躍。

其中有一位著粉紅色比基尼的年輕的胖女子特別矚目，每次停留，她就和同樣肉感、體重應有百來公斤以上的兩名女子，一起躍入海中，揚起一朵小小的白色水花。從臉孔和年紀粗估，可能是母親和姊妹吧。海中浮沉著那麼多不同膚色和體態的人，像是身材姣好而五官精緻的女子，或是刻意鍛鍊而顯現肌肉線條的男人，但不知為何這三個著鮮豔比基尼的胖女子，如此牢牢地鎖住我的注意力，是否因為她們正自由而坦然地接納自己？還有，那名粉色比基尼的女子也如此大方地接受了自己身上的痕跡：肥碩的手臂上爬滿大規模的斑，大大小小、黑色黃色褐色的圓點叢集在臂膀，像刺青，像圖騰，我想及視力檢測時分辨色盲的數字圖卡，密集又分散，從臂膀一路延伸到腿，帶狀延伸。那些圓點雀躍地跟隨主人從甲板上躍入大海，等待海浪一波又一波的撫觸，等待陽光一遍又一遍地激吻。

全船大約有四分之三的人都去游泳了，和我一起仍待在船上的人不多，其中有一對老夫妻。妻子戴著綴有蕾絲的白色圓帽，身穿黃色連身洋裝，外罩一件米色針織衫，珍珠項鍊貼著瘦而長的頸。在這艘盡是比基尼泳裝與熱褲的年輕女人的船上，她的裝束既不符海島的暑熱，慎重感亦與度假船的慵懶格格不入。她身旁的男士亦著白色西裝，還打了黑色小領結，同樣隆重。

妻子的臉看似曾歷經燙傷與災害：紫色瘢痕處處、塌而歪的鼻、幾乎看不見上唇的嘴。一開始見我匆忙奔上船，找不著位置，這位西裝筆挺的老紳士向我示意可和他們分享同一張桌，她則給了我看似怪異、但想必是溫煦的微笑。我們聊了起來。來自倫敦的老夫妻，來海島慶祝結婚三十週年。途中，老紳士不斷聊笑取悅他的妻子，當爵士樂團演奏「What a wonderful world」時，他深情凝望著她，執起她的手，飛快一吻。她掩嘴而笑，說是笑，看來更像嘴角抽搐，面容扭曲。但老紳士真情流露，像寵愛孫女般地看顧妻子。

一艘載滿啤酒、爵士樂、比基尼女子的享樂遊艇上，老紳士指著妻子對我說，她是我的天使。

傍晚的落日紅且渾圓，在海面投映了燦爛餘暉。船靠岸前，一名男子突然戲劇性地跪下，掏出戒指，在一臉驚喜的女子面前求婚，旁人歡呼，不知何時已準備好的花環被戴在女子頭上。接吻是必要的。爵士樂手適時奏出優美旋律，歌手緩緩吟唱。跳舞是必要的。四處是隨旋律翩翩起舞的新人，花環緊密嵌住了女子的頭髮，無論如何擺動，神奇的花冠都不會落下，好似她戴的是一頂尺寸剛好並有繫帶的帽子。落日一吋吋埋入幽深的海面，像被吞噬進去，被安靜而黝黑的海一點點吃下去。船緩緩靠岸。

塞浦路斯是我們最後的一次蜜月旅行，之一之二之三派生出來如蜜的行旅終於結束。回到家，我用水輕撫過果凍胸衣的內層，滑柔的觸感，等乾了之後就收進衣櫃，想說下次穿。但一收進抽屜，就收了超過十年。

好驚訝我竟還留著這玩意。躲過了幾次歲末大掃除被丟入垃圾桶的命運，驚險地逃過被拎起檢視但又不知該如何處理或分類（可燃不可燃？一般垃圾還是塑膠製品？）只好放回原處。隱匿在置物箱最下方的果凍胸罩，以時間膠囊的方式苟活了一年又一年，終於連同置物箱一同跌入我的遺忘之海。打開盒蓋前，發現心跳快了起來，是擔心看到果凍糊成膠狀，如同煮爛的一鍋粥；還是害怕它分解成像紙張或乾掉的皮屑，或者更可怕的被蛀蟲啃了？塵沙般的黃斑。

但什麼都沒變，只是內裡乾燥，最上層的塑膠膜發皺且開始剝落。果凍胸罩仍在透明塑膠墊上支撐出完美的胸型。忠誠地捱過我十年來的遺忘，在衣櫥內堅貞抵禦著不懷好意的灰塵，即使誓言如同身材逐漸變形的當下，它仍帶著飽滿的信心托舉著不存在的乳房，畫出虛線，曾有過的燦爛金邊。

半臉

捷運上方的廣告橫幅，正銷售花樣繽紛的口罩。對面的乘客，不少也戴上了彩印口罩。想為自己買一盒花朵盛放的口罩。只是一念，不知為何這個念頭頑強地佔據腦海，回到家就立刻上網搜尋花口罩，竟然好熱門，很多都跳出「補貨中」的字樣。真奇妙，只是一眼，此刻卻突然非常想要花口罩，於是騎車到附近的量販店，買了一盒，包含五種花色：粉藍小碎花，淡紫細花，纏繞畫般的花朵團團綻放，細小花蕊彷彿猶在風中顫動。素面底色喧譁著各色繽紛，嫩黃淡粉猶如春日榮景。

那陣子喜歡穿黑衣或深色衣褲。盡情綻放的花系列口罩，與黑成為絕配。

當疫情趨緩，每日都是習以為常到理所當然的+0後，口罩開始外銷並支援他方，講究起色彩學，先是各色素面，然後是各式花樣，漸層色緊跟在後。想及疫情剛開始的那年冬天。

全家開車北上的二月。

下交流道後，一見便利商店，遂下車尋覓口罩。買不到口罩，只能先拿非醫療等級的擋一下。最缺的還是孩童口罩。我和兒子、女兒坐在便利商店的內用桌旁分食布丁。在他們安靜享用甜點的十分鐘內，便利商店的門「叮咚叮咚」響不停，湧進諸多焦急的人們，撲了個空的他們各自帶著失落的神色、焦躁的目光離開。提前部署，口罩管制。

當時我們還不知道接下來發生的事：藥房排隊領口罩，學校鼓勵老師線上教學，師生於課程中皆需配戴口罩，各大活動紛紛取消，韓國某教團的大批感染者醞釀更深的不安，台灣大型宗教活動暫停舉辦，老牌餐廳抵不過疫情黯然熄燈，清明連假墾丁擠爆、醫憂台灣將進入社區感染，漫天飛舞的陰謀論。此刻孩子仍沉浸在吃食軟綿布丁的幸福氛圍中，我也還處於快樂且無知的泥沼，不知愈來愈多疫情相關的訊息如潮湧擠入世界和視界。買不到口罩，跑了幾家連鎖藥局，發現連酒精、各廠牌的乾洗手、手部清潔液都一一缺貨，我才後知後覺意識到：我們穩妥安適的小日常，即將消逝。

那年冬天，延緩兩週開學。

終於開學，學生們戴上口罩，走進教室前二十分鐘，我在研究室對著粉餅盒內的圓鏡畫口紅。茶香烏龍，霧面的口紅有好聽的名，當初究竟是因為顏色還是名字才買了這支口紅？仔細想了一下，原來是櫃姐當時正塗了茶香烏龍，我一看便愛上了這款低調的紅。那是在疫情之前，還沒有強制規定戴口罩的日常，所有人都能無意識地裸露出口鼻，現在想來卻像遠古時代。確實是遠古時代哪，就像整理舊照時，看見影像中定格的自己和人們都沒有口罩遮蔽，笑或者不笑。邊畫唇邊漫想：判斷一個人是歡欣或哀傷，究竟是由五官中哪一個決定的？倘若掩去口鼻，單從雙眼、眼角紋路與眉毛昂揚的程度，能否得知對方情緒？光是眼神即能透露愛意或殺機？鼻與唇能否強化曖昧或敵意的訊息？描畫完唇形，正準備開門步出研究室，才想到要戴口罩，口罩一覆蓋上去才想到該死我究竟為何這麼認真畫口紅，真是做白工。

太習慣了。不假思索。

化妝抹唇膏的習慣，比戴口罩來得更早也更久。

走進教室，學生也都戴上口罩，僅露出雙眼看我。

一批新的學生，初次見面，我們以半臉相對。

下課回研究室，脫下口罩，內裡留下淡淡的茶香烏龍，紅色月牙。

接下來幾週，面對講桌下數十張青春半臉，我逐漸記住那些未被覆蓋的雙眼。直覺而無意識地，好似單看雙眼，腦海就自動勾勒掩去的鼻和唇。絕非透視能力，純粹出於直覺與想像，或從記憶資料庫召喚並配對五官，從熟悉的臉譜中自行生成與描畫。日子久了，自己也被虛構出的臉譜所說服，相信對方就長得和自己想像得一模一樣。

不，這根本不需要說服。腦海自動配對生成口鼻，我帶著不假思索的前提進入教室，看著他們，上課，下課。

天氣愈來愈熱，疫情漸趨平穩，部分學生不再戴口罩上課，當他們露出整張臉，我才驚覺對方和想像中完全不一樣：以為有著濃密睫毛的雙眼下，會是高挺的鼻樑和薄唇，卻是寬鼻厚唇。當一位陌生的學生跨進教室，正懷疑對方是否走錯了教室，當他戴上口罩才發現竟然是那位每次都坐第三排的高個子。另一位格子襯衫的男同學是熟悉的，但沒戴口罩卻倍感疏離。

即使已試圖記住對方沒戴口罩的模樣，下次遇見，又不自覺為那雙眼搭配了原先臆想的口鼻，待對方卸除口罩，內心又一陣驚訝，努力記住對方模樣，但到了下次還是直接恢復成想像中的設定。一次，一次，又一次。腦海中不斷重製錯誤的面相。

難道從今而後，只能記住有口罩的半臉了嗎？

曾認真而深刻地想著：那些虛構出來的口鼻輪廓，那些被想像複製、疊加出來的那些臉譜，究竟是誰？其中一個女生，為何如此熟悉？

像早已搬家多年的鄰居？流逝的時間和殘存的記憶僅容許我記住對方名字的最後一個字：真。每當念想到這個女孩，就習慣稱她為「什麼真的」。「什麼真的」國小和我同班，放學後偶爾來家裡玩，當真離開，我經常找不到作業本，逐漸淡薄的影像卻永遠洗刷不掉恆久的擔憂：邊哭邊從抽屜、書包和房間角落仔細找作業簿，以及趁父母入睡後悄悄捻亮檯燈，在新的作業本上重抄一遍當日生詞。一把鼻涕一把眼淚。夜晚放大了心跳聲和屈辱感。

曾懷疑「什麼真的」偷了我的作業本，但「什麼真的」又如何以甜美笑顏和無辜眼神讓我心生愧疚，對暗中怪罪於她而歉悔。

文章停在這裡，沒有接續，如同很多儲存在雲端的文章，只有開頭，沒有後續，無以為繼，大約是我又去忙別的事了。什麼時候開始，很多事情都只做一半，或者說做一半就把僅剩的力氣用光了，又或者，什麼事都叫我分心，Tizzy Bac如是唱著。一半的文章如同尚未長全的肉身，等待繆思女神賦予完整骨肉。又像是被掩去的半臉，太多的閱讀空隙。重讀這段文字，回憶又於腦海重新有了顏色、形狀和重量。大疫之年，事物加速更新，上文提到那年冬天的口罩缺貨，以及繽紛花漾口罩持續缺貨的段落，好似很久很久以前。

並不很久以前，台灣被形容成好似活在另一個平行時空的時間點後，沒隔多久，本土確診人數突然從十位數暴增至百位數。當時聽聞消息的我剛坐上客運，不禁倒抽一口氣，驚愕之餘下意識地拉妥口罩，儘管已十分貼合，但緊張感讓我反覆確認貼合度，持續追蹤記者會消息。

諸多同樣杵在那年五月中旬週末的人們，是否和我一樣，掩蓋在口罩下的是震驚表情，上升的數字在腦海中浮沉。些微氣息被吐出，短暫回返於臉和不織布之間，不同形色的口罩此時也盡責地攔截我們的、人類的鼻息。

隨意瞥一眼，鄰座旁的短髮女孩戴著黃色口罩，強化了黑色眼線及赭色眼影，尤其垂眼滑手機時，那雙美麗的眼就更明顯。他身旁的大男生戴著黑色口罩，也正滑手機。我的左後方，頭髮花白的大叔戴上迷彩口罩。看不到他們的表情，口罩遮去了半張臉，五官被遮蓋一半，無法辨識表情。只露出眉眼的乘客們看起來很鎮定，很溫和，不噴灑飛沫，不口出惡言，沒有傷害性的言詞從嘴邊洩露出來。

準備出發的這輛車幾乎滿座，大家應該都無法預料，半個月後，當我再度搭客運時，車上就僅有我和司機兩人。

這車的人，候車時先戴上了口罩，也必定在驗票時將手伸入溫度測試與酒精噴霧儀器之下，必定讓酒精涼涼地行經掌紋如同時間穿過命運線，必定帶著一顆猶然搏動的心臟、持續流動的血液、不刻意覺知卻恆在的呼吸上車，坐定，安頓行李，拿出手機，讓訊息及其雜質、神秘和真偽，照亮眼睛。

在那不斷進入目光的訊息中，漂流著恆河沙數的矛盾真相，似是而非的一切如波光閃爍，在那裡，無論有沒有戴上口罩，每個人都在講話，也都有話要說，噴出口沫或暴力言詞，令我興奮，令我疲倦。認知偏誤構成了我們對世界的理解：傾斜的、偏狹的、破碎的，即使有數據、圖片，但那皆以碎片的形式被傳遞，再無法完整。

在平穩前行的客運上，即將落入睡眠的前一刻，我又突然想起「什麼真的」。

「什麼真的」搬離後十年，在我倆都考上不同大學的那年暑假，她與母親從另外一座城來我家拜訪，「什麼真的」面帶微笑聆聽兩位母親閒談，我們沒搭上什麼話，她卻在離別前突然對我說：「我真的很高興妳考上理想中的大學和科系噢」，頓時我覺得「什麼真的」好假。尤其是那雙閃亮如玻璃的眼珠。那時還沒流行瞳孔放大片，但總覺得對方的眼瞳上覆蓋了一層霧氣光輝，深藍，灰白，暮靄般的神秘暗澤，坦白說這倒讓我有點怕她，感覺真正的她並沒有真的面對我，貌似望向我又穿透我，真正的她好似躲在那層盔甲般的瞳孔後。可能正因如此，又或許我們根本不熟，連用開玩笑的方式也無法開口：當年妳是不是偷拿了我的作業簿？害我熬夜重寫一遍超累的。雖然我在她講話的時候想到了這件事，但始終沒問，因為光是這個念頭也讓我覺得自己很假。

（怎樣？難道要一起懷舊，溫柔攤開舊傷？和當年的小女孩來個真心話？）

後來我再也沒有見過什麼真的，除了那年冬天的課堂上。

有位長髮女孩睜眼望向講台時，不知是因為角度還是氛圍，我就從對方霧氣般的眼神中想起「什麼真的」，甚至懷疑，如果她早婚的話，眼前這女孩會不會是她的女兒？但某次當這長髮女孩脫下口罩，才發現兩人全然不同，嘴形、下巴完全不一樣嘛。

才遮了一半，但為何有種全遮了的感覺？口鼻、下巴，竟讓整張臉有了不同的標誌。

另有一位讀書會的同組男子，年近六十，聲音低沉有磁性，他的聲頻和半臉令我想及剛搬到異地、租賃大樓的警衛，但他專注於說話時從眼角洩露出來的紋路，以及開懷大笑時眼角分泌的淚珠，就像早已逝世十年的外公。沒想到還有兩種選項，遮蓋掉口鼻的臉膛竟是擁抱多重可能的演算題，在提取回憶和幾度斟酌比對下，猶豫選擇了後者：我的外公，即便眼前這名男子坦白說一點都不像外公，又即便那一刻外公已失去了肉身和名字多年，但他那張被皺紋刻蝕的臉卻始終對我的誤讀貢獻了諸多細節，於是注意力突然溢出了桌面攤開的書，越過眼前半臉男子，穿行過記憶遮蔽記憶、時間覆蓋時間的時日，埋首於外公面相的檔案櫃，張望他發黑變小之前，注視他尚未送去療養院前；喝酒喝茫的那張臉。偶爾神清氣爽的他會將銅板塞在我的濡濕手心；要我去柑仔店買冰棒。沒有任何一張照片，但就是頑固且長久曝光於腦海的影像，那張臉。

後來推想，可能當時讀書會正熱議著死後的肉身，修行者須從倒臥路徑上的死屍觀察及冥想，所謂的不淨觀，閱讀那冊肉身如何經歷消亡的過程：血、肉、體液、蟲啃蛆鑽、四肢分離，最終骨骸如雪潔白。是不是因為如此提示令我想起了生命中的告別和眼淚，還有其中無法細說卻總是骨血相纏的幽微情感？於是眼前這個男子就不會是警衛（雖然後來也不知對方生死），而是已作古的外公。

當讀書會的男女們誦讀經文中的白骨觀，我抬頭，熱切而仔細閱讀一張張半臉。從讀書會開始，他們就已戴上口罩，未曾看過他們的臉，整張臉。張望教室裡的半臉們，諸多表情的歷史或歷史的表情就藏在口罩下，我不禁恍惚浮想：還有哪些未經辨識的半臉？諸多從記憶深井打撈出的半臉失去名字，沒有編號，垂掛或沉浮在遺忘與記憶的邊界。他們是誰？難道是夢中所見？我曾像許多成人那樣自信吹播：「只要看到臉我就能說出他的名字」，這一刻卻成了最佳反諷。

他是誰？他們是誰？

為何我會在僅露出眼睛的半臉中，直覺地畫出他們的口鼻輪廓，直到有一天他們不再戴口罩，反而認不出真正的他們？

半臉提供了故事的多種版本。然而，是否正因是半臉，才有編織想像的可能？

盯著新聞，以及新聞影像上的眾多半臉，繼續浮想。

疫情最嚴峻時，盡量一週出門一次，出門前，端詳鏡中的自己：豔彩花卉綻放於口罩上，妍麗生機適足搭配黑衣黑褲，明明只是例行採買，順便備妥洋芋片和雪碧，搭配那陣子追的韓劇《我是遺物整理師》，自問：為何穿得像守喪？

後真相時代，那麼多拼湊、推敲、剪裁、後製的故事，彼此以矛盾的鋒利邊緣相互撞擊，夜裡多夢。夢中常出現熟悉又陌生的人影，聲音和色塊糾纏，覺得那是誰又好像不是，臉孔都是拼貼出來的，其中一名女子，彷彿是「什麼真的」；真的是「什麼真的」嗎？好像也無法確定，夢中我也終於問了：是不是妳偷走了我的作業簿，害我趁爸媽睡著，偷偷爬起來重寫一遍？

「什麼真的」說了些什麼，但醒來只記得：你們都誤會我了。她說的是「你們」，然後又說，我不是「你們」想的那樣。難道除了我，很多人都誤會「什麼真的」嗎？夢中的她仍舊以那雙彷彿配戴瞳孔變色放大片的眼，注視著我。

夢中的她並沒有戴口罩。

就像疫情前的時光，像我們收藏的照片和所看的影集，沒有任何一個人戴口罩。病毒變異快速，感情跟不上，夢也是，仍停留在歲月靜好的恆常。「什麼真的」突然從我家切換到舞台上，獨享最強一束光，冷冽又熾烈的光特寫了發亮的額頭，哀傷的雙眼清晰可見，但光投射角度恰好在口鼻處融成陰影，沒戴口罩，卻是張半臉。

時而深藍，時而灰白的眼，在我醒來的前一刻，就這麼注視著我。

輯二

頭朝下

她願意為他生四個孩子，不生孩子，一個孩子。

天真無邪，卻能提供最佳勸告。

身體虛弱，卻能舉起最沉重的負荷。

肩膀上現在沒有頭，但以後會有。

——辛波絲卡〈一個女人的畫像〉

頭朝下

故事就該從這裡說起，頭朝下的時刻。

1.

清晨五點半，隱隱傳來孩子的哭聲，隨即消失。

倒是已聽不見樓下的夫妻吵架聲了。大概吵完又各自睡回籠覺了。大約兩小時前，粗糙低沉的男人罵聲從浴間傳來，伴隨女人尖銳的哭嚎，然後是猛力的開門關門聲。被吵醒的我知曉，今夜再也別睡了。

披上披肩走到客廳的落地窗，望著仍黑的天，捧著馬克杯喝熱水，準備每日的早課，清晨的第一件事。

落地窗外是陽台，前屋主留下整排的黑色塑膠花器，裡頭長著蓬勃而健康的左手香。想起過去曾住的那棟樓，幾次，絕望的我拉開紗窗，看著透亮的天光從天際邊緣悄悄綻放。有陣子張開眼，第一件浮上腦海的就是懸疑驚悚的家族劇，白晝有不時打來的電話，鉛一般的訊息，匕首般的話語，讓我陷入更多黝暗聲浪。記得有次兩名警員步入我家大廳，要我和丈夫去警局做筆錄，於是更多電話打來，激烈爭辯，恐懼聲線，禁止我去警局解釋。那天，我看著自己顫抖拉開落地窗紗門，跨出陽台，從主臥室乍然傳來女兒的哭泣聲。

當時我住六樓。從陽台往下看，不過是如常的週末清晨。七年的大樓在這一區挺新的，一樓中庭的水池裡有渾圓碩大的黑色石頭，風吹皺了池面水波，詩意蕩漾。從這個視角看不見任何人，隱約可聞孩子間歇的哭聲，強了一陣又弱下去。還好樓下沒人，絕望的我突然心生感激。看見供人坐臥的藤椅散發著可靠而低調的色澤，彷彿歡迎住戶們隨時將自身拋擲其中。耳畔突然響起女子叫聲：喂，離那邊遠一點，我說你，遠．一．點。

聲音是從回憶掉出來的。

幾個月前，我在這裡看見社區裡的一位年輕母親，就坐在這張藤椅上滑手機，兩個幼童在旁奔跑嬉鬧，她不時從螢幕抬眼，大吼：湯米不要去碰水那很髒，離遠一點，把妹妹帶過來。沒多久母親又抬頭大吼：就跟你們講遠一點，離池子遠一點，遠．一．點，再遠．一．點，不要過去，等一下掉下去你試試看。

那個叫湯米的小男孩，很快地和妹妹離開了池畔。

事實上水很淺，石頭很多，那不過是偽造溪流，禪意擬仿，死神沒興趣。死神不是女神，不會從池裡緩緩浮現，少女稚氣的臉蛋流轉著聖潔光輝，她拿起金斧頭和銀斧頭，親切地問你掉的是哪一把。誠實是正解，善良最可貴。後真相時代，死神反倒從天而降，不是從雲端拋出足以置人死地的紛亂訊息，就是跟隨失意喪志者從高樓墜落（降臨？）。

走到陽台的那日清晨，我並沒有看到湯米和他的母親，可能還在睡吧。懷抱著憂傷和夢魘，繼續沉睡。

頭朝下。我瞥見二樓住戶的陽台邊緣，伸出綠色藤蔓，姿態曼妙，舞蹈般地，在灰色天光中顯得精緻無比，又脆弱得無以復加。還有一種無法辨識的植物，伸出厚而硬的蒼綠色葉片，若劍若刀，肅穆地等待天亮。倘若跨出陽台，頭朝下墜，是否會被刺穿？還是比較慘烈的；上衣被勾穿的同時竟也險險接住了肉身，然後懸吊在那回不去又下不來的尴尬空間，即將天亮的片刻，在趕來的管理員驚懼目光中來回擺盪？

頭朝下。你看到這些。

2.

當我被產後憂鬱與午間電話糾纏時，好友建議我去按摩。她分享在按摩室的美好經驗：頭朝下，眼閉上，耳邊流瀉抒情鋼琴曲，全身赤裸的她任由芳療師彈奏。什麼都不管，都可以拋下。

不過因為太忙，我大約幾個月才去一次芳療課程，然後隔了半年，一年、兩年，結果兩個孩子都上小學了，我的三十堂課程還有剩。

但在那之後發生了一件事，每週從學校離開，我得匆匆趕去上另一類「課程」，持續大約一年半。某個週日午後，因牽機車施力過猛且不當，後腰清晰傳來強烈的痛楚，當場跌坐在地。當天是母親節，我進了急診室，醫生找不出原因，給我打了止痛劑後，丈夫就載我回家。我躺在床上呻吟，等待閃電般的疼痛乍現又消失，消失又重現。孩子也是，他們憂心地咚咚咚跑到床邊，眨著大眼睛問：「媽媽妳還好嗎？」我擠出一絲笑容：「媽媽痛痛。」孩子親暱地摟我的頸子，飛快一吻，然後又咚咚咚奔去玩玩具、看繪本。爾後又來問：「媽媽妳現在有沒有好一點？」

隔天仍無法下床，託同事緊急代課，他建議我去給幫他喬身體的師傅看看，沒多久他回訊，說他的師傅通常得先兩、三個月前預約才有空檔，除非特例可以緊急安插，「什麼特例？」我私訊他，過了幾分鐘回訊：「妳就跟他哭說妳現在除了手指之外，其他地方都動不了，生不如死。」

我掙扎起身，倚在藍色靠腰枕上試圖傳訊。默默祈禱：我掉了一把破爛又骯髒的斧頭，神哪請換給我金斧頭或銀斧頭，我都ok。

沒多久訊息已讀，神回訊息：下週一傍晚五點半臨時擠出一個空檔給你。意思是我還要生不如死躺七天。

隨即想起女兒幼兒園同學的父親是整脊師，等了半天訊息，才順利插隊。當天傍晚，我和藍色靠腰墊一起被載到透天厝一樓，霧面落地玻璃門，沒有店招。一進門，幾名男女老少抬頭望你，其實也不是看你，就是抬眼的同時順便活動脖頸，隨即又低頭沒入各自的訊息汪洋。

正中央，正在被喬的信徒頭朝下，全臉沒入黑色按摩床前端，唯有亂髮如蓬草刺出。偶爾看見信徒的半張臉，那是整脊師雙手穿過他的時刻——被摺疊者雙手向後抱頭，整脊師便從頭與圈起來的雙臂間的空隙，輕巧又完美地將對方的上半身提起來——初次見到的我彷彿回到童年看大衛魔術表演的時光，暗暗稱奇，被提起來的善男子或善女人似乎也同樣驚奇，臉部肌肉細緻扯動，說不清是痛苦還是快活，難以定義的神秘感知，隨即整張臉又被妥善放回那個洞。

如果彼時正好有搖曳火影，一張黑色挖洞的床，搭配間歇細微的骨頭摩擦聲，以及被摺疊者在忘情又克制的疼痛平衡裡哈氣吐舌，其實頗具獻祭氛圍。

之後我也加入被整的眾男信女行列。女兒同學的母親麗子直接幫我插隊，開啟了每週一次、每次半小時的頭朝下之旅。身為整脊師的助手，麗子總不忘前兩天來訊，慎重提醒必須在五分鐘前抵達，千萬不能遲到。信眾成海，各有不好說的側痛，準時才不會耽誤後面的客人。

我通常在十分鐘或更早之前抵達，邊聽整脊師優雅地創造細緻的骨頭劈啪火花，在被整者吸氣吐氣之間默默取出我的書。那年冬天，我在異質又瑰麗的環繞音場內讀佩姬・辛納（Peggy Shinner）的《我這終將棄用的身體》（You Feel

So Mortal: Essays on the body），著迷她像手持解剖刀般，以細密又精準的文字切開自身，微笑從容地在讀者面前大卸八塊——另一種形式的自我獻祭？久違的大衛魔術？彷彿回應佩姬無私的揭露，我那持續如電流奔竄的腰痠腿麻會在此時更加熱烈，讓我知道它們的振奮。（迫不及待被整？）

佩姬談自己將典型的猶太人鼻微整形，也提到去百貨公司買內衣如何被「塗著白金色指甲的女店員」將乳房「又抬又擠」，我也隨即想起自己過去在賣內衣的更衣室裡，不是瞪著鏡中的自己，就是頭朝下盯視櫃姐親善地將手指伸進我的內衣，試圖又抬又擠喬出完美地形，佩姬形容那真是「又驚又羞，但也只能隨她蹂躪」的「魔術時光」。閱讀過程中我常克制地不讓自己發出沒禮貌的笑聲。如果眾人皆哀號，拔尖的笑聲絕對是沒教養的證據。於是我只好假裝咳嗽或挪動屁股，站起來又坐下，看看窗外暫時停放兩位信徒的車（一輛賓士，和另一輛賓士），或將頭低到塵埃裡般作勢檢查手機訊息，扭捏地控制因濃密笑意而制止不住的顫動。

還好當我侷促狼狽之際，就輪到我。剛打磨好的肉身告退，整脊師快速消毒按摩床，將保護頭顱的圓形矽膠臉墊從洞口拔出，清潔後，重新在臉墊上鋪好粉紅色的十字洞紙。我收起書，走向按摩床。

一切就緒，只欠頭朝下。

儘管被整了一年半，每回將自己的臉嵌入那個洞，還是會有麻麻的電流刺激，先是從拉傷的靠腰處乍現，迅速爬升騰躍，然後像傑克魔豆那般一路瘋長至頭頂，等候整脊師又抬又擠的魔術時光。

3.

產前，婦產科的衛教就已經明說，千萬不要給小孩趴睡，經醫療研究證實，趴睡較仰睡具有更高的致死率。產後，在日夜顛倒、睡眠不足的難得清醒片刻，無意識轉開電視，迎接我的是女嬰趴睡猝死的新聞，傷痛不已的女嬰阿嬤側身對鏡頭，身影模糊，哭嚎清晰：唉唷發現的時陣我給她轉過來面已經烏烏的了。哇。嗚。

幾個月後抱女兒回診，醫生確認孩子發育指標時也特別叮嚀：沒有給小孩趴睡吧。我立刻心虛回應：沒有。那好，醫生低頭。我想像他在一連串表單細目中打勾確認的模樣。

但那段時間我讓女兒趴睡。因緣湊巧，別無選擇。

女兒出生後頭一個月，夜晚常醒著，不是哭醒，就是睡飽醒來繼續哭，我按照教科書上一一檢查讓她不舒服的原因，但就是找不到原因。同住的家人說：「她是不是沒吃飽？」「你有沒有換尿布？」最後大概受不了只能拋下一句：「妳是要餓死她還是怎樣？」話語如同暴雨將睡眠匱乏的我再度擊落。輪到我睡不著了，胸口飽脹著困惑和委屈，最後只能頹喪懷抱女兒一同悲泣。

有次不知怎麼，半夜被哭聲吵醒後立刻機械性地掏出單邊乳房，塞入女兒小嘴，首章通常是快板漸強的吸吮，逐漸滑入平緩流暢的第二、第三章節，最終則是溫暖綿糊的最慢板。母女兩造陷入寂然。再度張眼時竟是白晝，陽光在窗簾外友善守候，我嚇了一跳從床上彈起：到底多久沒一覺睡到天亮，偏頭一瞧，床頭鬧鐘笑說：今天妳睡到早上十點十五分。天哪我竟奢侈地連續睡過六小時。然後才突然意識到女兒，只見她頭側倒，臉沒入好可愛的小兔花毯中，呈趴睡姿。天哪怎麼會？我手抖伸向女兒（腦海跳出新聞上阿嬤形象化的修辭：面烏烏的），慎重翻正（神哪我掉的的確是又破又爛的斧頭請原諒我），女兒臉蛋紅通通的，正睡得香甜，我流下感激的淚水，不知是終於和女兒一起睡到天亮，還是什麼其他複雜的原因。

於是開啟了女兒頭朝下的人生初旅。

甜美夢境中，母女倆飛翔在軟綿綿的睡眠雲端，頭朝下俯瞰睡成一團、鼾聲四起的美麗城鎮，那裡不再有哭泣的嬰孩，不再有睡眠被剝奪的母親，也沒有莫名的指責和訕笑。頭朝下是神的視野，寬容的敘事觀點，性別，母親，身體，每個關鍵詞都被捧在掌心，在寶藍如鑽的夜空覆蓋下，眾生平等，萬物酣眠。

於是我一次又一次睜眼迎接曝光過度的明亮白晝，一次又一次欣喜將女兒頭顱翻正，她也從沒讓我失望地離開口水濡濕的小被毯，臉頰益發紅潤，討喜的神色，翻過來仰躺，幾分鐘後，張開細長的眼，眼瞳倒映著臉上終於有血色的母親，粲然一笑。

女兒漸漸長大，無眠的夜成為傳說，母女倆皆不復記憶。凡見過女兒的親族說，妳是怎麼養的，這小女孩臉蛋小，下巴尖，頭顱好圓，以後肯定是個大美人。

4.

另一個更早的頭朝下記憶。

距離女兒徹夜酣眠的一年半前，我和丈夫曾住過洛杉磯威尼斯海灘旁的青年旅館，當時我一定是腦筋壞掉才答應他住青年旅館，話說有人在蜜月旅行住青年旅館嗎？他原本想住十二人房的通鋪，在我突然正常的瞬間才協商為四人房。當時我倆各自的單人旅行也常住多人宿舍，因此覺得沒啥不妥就訂房了。

他前一週先飛到美國開會，會議結束當天我飛往洛杉磯，兩人在聽來很浪漫的威尼斯海灘碰頭。我到的時間是下午，入住時其中一位室友已在房裡了，蓄白鬍的他退休後迷上徒步旅行。由於時差，我禮貌打過招呼就昏睡過去了，直到細碎的說話聲傳來，睜眼一看，丈夫剛好抵達，和另一位熱愛壽司的男子——不知為何，對方見我的東方面孔，就熱情跟我說明他最喜歡的食物是壽司——聊得十分開心。

也許白晝睡得太多，也還在調時差，晚上我翻來覆去睡不著。其他三位室友男子沉沉睡去，沒多久，兩樣事物來到了我的床前：腳臭及鼾聲，他們仨以如此這般男性氣概，在深夜房間裡繼續交談，為我朗讀，其中，白鬍先生的鼾聲最為磅礴，揭開夜的序幕，和他相比，丈夫和壽司男簡直是幕後花絮。

過了一會兒，隔壁的上鋪有細微聲響，一個黑影緩慢下階梯，是壽司男。他站在下鋪中段，將白鬍男的頭左右翻動兩次，小心翼翼地，好像正從包裝繁複的禮盒中取出瓷器那般。經過他的翻動，白鬍男的鼾聲弱了半個音階，他又緩慢爬回上鋪。拔尖的鼾聲中斷，簡直像拔掉插頭那般，聲音立刻斷電，寂靜持續一小段時間，直到音勢逐漸飆高，他又再度爬下來替白鬍男翻臉。我從棉被縫隙中目睹了這奇幻的一切。翻面，鼾聲中斷，爬上床。鼾聲漸起，下床，翻臉。最後，老先生的臉彷彿朝下。神奇的頭朝下，我暗暗讚嘆。

隔天壽司男跟我解釋，他和白鬍男共住了一個禮拜，第一天乍聞鼾聲，還以為哪個傢伙半夜去用洗衣機轟隆隆真可惡，幾度醒轉，才確認音源來自下鋪，而他聽過治療鼾聲的最佳秘方就是去翻動打鼾者的頭顱。於是開啟了兩個男人的頭朝下深夜之旅：壽司男爬下床，將白鬍男的頭側倒、朝下。

不過後來我就睡著了嗎？其實沒有，聲音持續，約莫來自於壽司男或丈夫。

好不容易撐到五點，我終於受不了把上鋪的先生搖醒，想跟他好好聊一下。喂喂喂，起來，快起來。噢倒不是凱薩琳．曼斯菲爾（Katherine Mansfield）在〈蜜月〉中，妻子范妮慎重地和丈夫喬治談的：「現在你真正了解我了嗎？我是說真正、真正地了解我嗎？」而是低聲抱怨：「接下來幾天可以換成雙人房嗎？」見他仍一臉疲憊，我下床，開門，去問櫃檯人員，失望地得知兩人房早已全訂滿了，我不死心，繼續問。交涉的過程中，丈夫一身運動服慢跑鞋現身，準備晨跑。我瞪大眼：你居然還有心情慢跑？他聳聳肩，微笑問：「要加入嗎？」我翻白眼的同時，還得快速在「回房繼續聽鼾聲交響」和「整夜沒睡撐著跑」之間，掙扎地選了後者。

現在想起來，那段旅程完全沒有凱薩琳．曼斯菲爾的風格，反倒有一點點瑪格莉特．愛德伍，一點點艾莉絲．孟若。

5.

有次輪到我被整前，正在按摩床上的女子受不了整脊師的力道，突然大叫。她的叫聲讓我唐突憶起了童年時期的某個片段，有一點安潔拉．卡特的味道。

大概是國小四年級的班級戶外教學，去參訪了某個以搜奇為主題的博物館，永遠忘不了其中一個展是這樣的：一個女性頭顱被盛在精緻的大圓盤上，圓盤安置於鋪著白色桌巾的桌面，圓盤旁不知是否有刀叉、高腳杯？看起來，那是顆沒有身體的女人頭，黑髮濃密，臉上塗滿胭脂，過分捲翹的睫毛，眼神跟著你，偶爾開口說話。桌上放了小立牌，上面用捲曲的花體字寫著：神秘美人頭。

似乎是利用鏡面反射四周的機關使然，女人坐在鏡面框圍起來的逼仄空間，浮出頭顱四處張望，也被看視。對童年的我來說，這空間充滿了諸多不合諧音：四壁緊貼的鏡面，邊緣裝飾著花葉枝條的大圓盤，以及盤中那顆盯著你瞧的濃妝美人頭，巨大的壓迫感，詭異地令我窒息。我很怕，但又愛看。

同學的哥哥不知道為何沒上學，也跟我們一起來看展，見我害怕，他笑說，這有什麼好怕的，那女人有身體，她就坐在那裡面很無聊等下班啦，我來過很多次，見怪不怪，而且今天不知怎麼搞的那女人臉很臭，大概跟男朋友吵架。當時我心裡納悶，他用「女人」而不是「阿姨」來形容美人頭，「女人」這個詞被一個大哥哥說出口時，臉上曖昧的神色令我不安，對我所產生的衝擊感可能更甚於美人頭的詭異。更詭異的是，哥哥的聲音居然穿透玻璃，且似乎正戳中美人頭的心事，因為那張臉更臭了。哥哥彷彿受到鼓勵，從他年少淺薄的認知或從民間故事獲得的訊息裡，所有女人的笑盈盈都來自於被愛上（或被上？），苦悶的女人必源自於被棄，於是他更揚聲調侃她臉太臭沒人要，男朋友愛上別人了喔，呱呱呱，哈哈哈。

突然間，那顆頭怒目瞪視，飆罵：你們這群小鬼沒家教，你爸媽老師沒教你不能這樣跟大人講話是嗎？你們哪一個學校的？我去告訴你們老師。玻璃窗有效地吸收、淡化了女頭顱憤怒的分岔音，迴盪在斗室內形成回音，但最末來回衝撞的兩句話可把我嚇傻了，我雙腿無力，遲疑地後退想逃，只見同學哥哥挺身向前，回嗆：死臭臉被我說中了吧，一定是男朋友不要妳所以妳黑眼圈像熊貓，額頭還長痘痘好醜，什麼美人頭，明明是醜女頭。

沒膽的我瑟縮在旁，目睹盤中孤零零的女人頭和中學男生對嗆，想快步走掉，卻又無法自拔地繼續收看，傾斜的異世界硬是將我發軟的腿釘牢地面，徒然杵在語言交鋒處發愣又發顫。同學哥哥繼續加碼：哈哈哈，醜女頭，沒人愛，醜女頭，沒人愛。

此時咬牙切齒的美人頭突然沉默了下來。頭朝下，靜止半晌。濃密黑髮遮蔽了臉。

哇女鬼。女鬼，女鬼。噁心的女鬼。快走快走。

同學哥哥以及其他幾個想模仿他聲口、動作的小蘿蔔頭作驚恐散開狀，嘻笑聲迴盪，留下怕得要死卻動彈不得的我。大約半分鐘吧，頭顱緩緩抬起，淚水一顆一顆泌出眼眶，從濃妝的臉滑落，斷線珍珠。透明的珍珠將她的黑色眼影柔柔暈開，一條詭異的黑色虛線默默寫在死白的臉龐，那是我初次目睹的震撼鏡頭。下一次再看到類似的畫面，則是多年後光裸著肩頸的辛曉琪，高唱「啊多麼痛的領悟嗚嗚嗚」時，從眼眶潺潺湧出的黑色河流。

現在她看起來真的有點像女鬼了。神奇的是，流淚的女人頭反倒不再令我害怕，十歲的我清楚感受到一股親切又失落的痛楚，想到每週六下午一小時的民間故事節目，每集導演都會捧出一張重彩塗抹的女臉譜（倒沒有裝在大圓盤裡就是了），也會有一顆任憑眼淚滴滴滴；從白天流淌到夜裡的哀怨頭顱，其中一集的紅衣女子站上圓凳，傷心地將頭放在從屋脊中央垂下來的繩圈裡，宿命的永恆洞口，奮力踢掉圓凳。

翻目，吐舌，終極的頭朝下。

此刻，民間故事的斷頭女鬼恍若飄至眼前，在涼颼颼的冷氣房裡和我一同目睹美人頭流淚的雙目。但我還來不及細究，又被好大的嘎嘎聲給嚇著，規律的機械聲響伴隨著猩紅色帷幕，從兩側向中央緩緩聚攏。全劇終。直到布幕完全闔上前，她的臉鑿出了兩條嶄新的黑色河道，目光中的一抹哀戚像微小火苗，閃閃滅滅。那是從來沒上過的女子衛教課，就在我面前神諭似地如蓓蕾綻放。女人頭無法抹去黑色淚痕，她沒有手；或該說她的手在白桌布遮掩的小暗室，待觀眾離開或下班之後，她才能從椅子（準備踢掉的另一張圓凳？）站起來，把雙手拿出來，替自己拭淚。

一個吊牌倏地掉出紅幕：休息時間。

下方小字：下午一點重新開放，敬請觀賞。

6.

後來我曾認真想過同學哥哥所說的，傷心美人頭是不是真的被男朋友拋棄了？如果可以，她會像小美人魚那樣，為了再見王子一面，拿聲音去跟巫婆交換嗎？如果連聲帶都被奪走，美人頭就不能像女戰士，在動彈不得的大圓盤裡，在凌遲的言語暴力中，奮力回嗆無數個沒教養的男生了？我再也沒去那間搜奇博物館之類的鬼地方，當然也就沒機會再見到美人頭。

我也認真想過，美人頭下班後，是如何以完整的全身，移動雙腳（小美人魚為了心愛的王子而多渴盼獲得的禮物哪），轉動鑰匙，回到自己的房間，仔細卸妝的素樸模樣。有人愛她嗎？有人會暗地指責她嗎？有人會以愛之名指責她嗎？以愛之名訕笑她嗎？她會躲在棉被裡，拉出童年小被毯的一角，放心地將委屈都哭出來嗎？比起冷氣太強的展示間，被窩恐怕才是自己的房間。不過，我接下來要說的一點都不維吉尼亞．吳爾芙，恐怕有點多麗絲．萊辛。

有段時間，染藍髮成為時尚，但鮮豔的藍竟讓我聯想到童年時代不慎也不幸讀到的《藍鬍子》。讀者一定知道藍鬍子有間秘密房間，裡面整齊垂吊著他的前任妻子們，頭朝下，無助地凝視滿地發黑的血跡，彷彿也困惑地思考這個故事到底要說什麼。藍鬍子讓現任妻子揮霍財產，有次狩獵前的他拿了一串鑰匙給現任妻子，說：什麼房間都可以開，就是別開那把黃金鑰匙的地下室。故事就要從這邊說起，乍然開啟的門後懸吊著一條條血腥真相，不僅頭朝下，也要有下墜的鑰匙；一把驚慌而掉落現場以至於血跡怎麼也刷不掉的發黑鑰匙，就是妳說謊的證據。藍鬍子的現任妻子千不該萬不該打開了這扇門，前任的屍體如同《五個女子與一根繩子》的終局（女子宿命？婚姻真相？）令人顫慄的睡前故事？聽了故事妳永遠別想入睡。睡了也不想再醒來。

（神哪我掉的其實不是一把又破又爛的斧頭，而是一把洗不去血汙的髒鑰匙，可以換一把新的給我嗎？）

之後，我把知道的都告訴警察。真相其實很無聊，不過又是一場家族鬧劇，我在無意間簽了字，代領了不屬於我的東西，根本不知道那裡面是什麼，話說我們總在莫名其妙、搞不清楚的狀況下簽了很多字不是嗎？不過銀行既然委託警察處理，警員也帶著有我簽字的簽收單，我也有必要解釋清楚。

然而這也不重要，故事不該從這邊說起。故事要說的是，即使是鬧劇，卻往往把歷史中的眾女子逼上圓凳，將頭放進宿命圈套，踢掉腳凳，頭朝下；或在寒風中脆弱站上陽台，淒楚地向下望，高處的她雖擁有神一般的視角，在心頭徘徊的卻始終是女鬼獨白。

還好故事的最後，我尋覓了另一個圓洞，臉被妥善盛在極有彈性的軟墊裡，粉紅不織布妝點著我（盛妝頭顱的精美的盤子？），好在無人觀視。即使被摺疊，有時我竟然就那樣放鬆睡著了。

天光明媚，陽台的左手香送來香氣。

我從歷史返回室內，在觀世音菩薩的像前焚香，裊裊香煙中，開始每日的定課：頭朝下，虔誠的大禮拜。

末日音聲

很長一段時間，妳說得誦唸觀世音菩薩才能入睡。夜半醒來，聽見細微爭執從遠方傳來，彼時猶在夢中，卻總被謾罵、哭泣、吼叫的聲音給撼醒。是樓下那對夫妻。這樣的爭辯妳一點都不陌生，妳醒來，然後又睡著了。

器世間總能製造出喧擾嘈雜的音聲。耳語、說教織成音海，繚繞耳畔。自以為幽默的嘲弄、質疑、爭辯、道理言說。一張嘴滾出字詞，另一張嘴不遑多讓，吐出更多道理，慷慨激昂的陳詞，從網路從書籍從各式各樣的管道中擠出來的專有名詞，如暴雨落下。妳聽著幾張嘴編故事，裡頭有太多虛無而無法具體掌握的箴言，所謂的真理或真相。多麼遺憾，在他們的世界裡，真相只有一個，那麼多張嘴都在爭取真相的發言權。

大多時候，一張嘴正對著妳，雨露均沾且不藏私地宣說末日預言，關於飲食，關於生命，關於事業，關於即將敗壞的未來、被AI取代的閒置人力、銀行倒閉存款蒸發疫病流行眾人失業，晦暗不明的未來。「妳以為還要很久嗎？這一天很快就來。到時候妳怎麼辦？」「還會有退休金嗎？」起初聽聞諸多末日預言，妳好擔憂，隨即又會聽到解方，唯一能攀爬的繩索，大浪中的浮木，存活於險道的唯一直路，已在他的掌握和規劃中，有遠見的人方能在未來立定腳步。

妳的擔憂，以及無法維持太久的擔憂被日常生活持續進行的事物給稀釋，最後被瑣碎的這些那些沖刷殆盡。無法擔憂太久，因為將孩子洗淨、送上床和睡前故事、擦身體乳是妳的責任，掃去木地板上糾結成團的落髮是妳的責任，將青江菜紅蘿蔔豆腐切成可入口的形狀並放入鍋中煮熟是妳的責任，妳的生活非常現實，現實到必須轉帳付帳簽聯絡簿簽收包裹（丈夫又從國外訂了諸多書籍，裡頭寫著末日前的方舟計畫和財務規劃），夜幕降臨就是妳疲憊至極的時刻，妳只想將自己攤成大字躺上床，如同渴望被晾乾的抹布。至於人類該何去何從？如何改善貧窮饑荒和ＡＩ取代人力的末日？極端氣候、災難和疫情？妳心量太狹顧不及未來，眼前只想將接下來的事情一一做好。

是的，生活中新的擔憂總來得迅即猛烈，如同嬰孩哭聲霸道又專制，要求妳全心全意投入，妳說聲談等等我先去幫小孩洗澡哄睡，匆匆擱下貧富不均和眾人失業的議題，待妳將垃圾袋綁好、毛巾晾乾、從洗衣機挖出脫水過後的衣物、洗淨猶滴水的碗盤放入烘碗機等雜事依序處理完，回到客廳看見他有時讀原文書，有時倚門作沉思貌，如果看妳檢查手機訊息，他不會忘了提醒妳睡前使用手機對睡眠的負面影響，根據科學研究睡眠如何形塑大腦影響人生至關重要。

但我還沒要睡啊？妳繼續手邊工作。

妳應該更早睡一些。說完這句話他就去實踐早睡早起。八點半入睡，四點起床是他每年的年度目標之一。他會將每日幾點入睡幾點起床寫在日記裡，打勾畫叉，嚴格檢核。妳也想早點入睡，但如果要顧孩了，洗澡刷牙周邊加起來就十幾件事，等他們好不容易睡著，才貪心地想做點什麼讓自己開心的事。

有段時間妳回娘家跟母親睡。夜半大叫，母親將妳搖醒又朦朧睡去，妳自知醒前所喊的是什麼，有一次是「滾開」。得大吼滾開，才能讓自己從可怖的夢境中破繭而出，順利掙扎回到現實，回到這張床的當下。但清晰又銳利的畫面於暗夜播放，夢裡有張嘴貼在耳畔開闔，吐出箴言真理，聲音卻都化成指甲刮擦黑板的尖銳，妳下意識掩耳脫逃，但那聲線簡直魔怪緊追上來，攀上耳際吹出涼颼颼陰風。那不是外境而是妳的心魔，妳得化解心魔，重點不是誰說了什麼，也不是我說了什麼，這是妳的心魔。好了，最後都是我的心魔，妳想。世界就是心的折射和顯現。妳要學會克服。好吧，妳想該克服的是如何不讓這些制式的嘉言語錄吞掉妳的聽覺，啃破妳的睡眠。

有陣子妳常陷入恍惚，現在到底是醒著還是夢著？究竟為何夢裡壓迫耳際形成幻聽的嗡嗡嗡，和白晝如此類似，從白日飛馳而來的嗎？話術辯詞像頭蝨在妳的意念中悄悄下蛋，晶亮細微的不可見，繁殖總在不經意間暴增，攜精帶卵的意念於夢中孵化，以致於夢裡延續現實的話語，彷彿續集，歹戲拖棚但卻拚命演到最後一刻的爛尾。

直到後來才想到觀世音。啊觀世音。曾日日讀誦的《普門品》。妙音觀世音，梵音海潮音，勝彼世間音，是故須常唸。

唸著唸著，妳終於安心入睡。

妳珍惜那段時日，孩子入睡後，靜靜誦讀《普門品》的時光。

誦讀前先淨手、潔齒和焚香，在觀世音菩薩的像前祈求，凝視她白淨臉膛、慈悲眼目，手持楊枝淨水。誦讀的時間約莫十分鐘，這十分鐘，妳隨經文節奏漂流到另一座城，不像其他經典中潔淨的城與街與池，金銀琉璃瑪瑙摩尼琥珀寶珠構築的窗、階、几、樓台，極樂世界有蓮華盛開，天樂流布，天女散華。

《普門品》一開始迎向妳的是末日災難，地獄場景：火燒、水淹、毒龍、羅剎、惡人逐、猛獸啖、諸鬼纏，說不盡的苦楚是神話還是鬼話？記得初讀時是剛知道懷孕之際，寺廟方丈面帶微笑建議妳讀《普門品》，說能順產，能生下白淨聰慧娃兒。讀《普門品》，才知經文中便有觀世音菩薩的應許：求男得男，求女得女，難道誦讀即能靈驗？後來又想信仰難道是有條件的交換？雖然妳真心想獲得一個健康的孩子，無論男女。無論男女嗎？妳倒是要在心底問問自己，說真心話。

說真心話，妳想要一個男孩。

當時妳以為此生只要讓肚皮隆起一次就好了，只要讓一個孩子住進去汝身就好了，生男孩是最佳選擇。雖然表面上妳會說現在生女生比較好，比較貼心，比較怎樣怎樣，但這樣的官腔濫調在夜晚時刻總是折射金屬般的冷光，將妳的偽善清晰特寫，而如霧的冷光中浮出一張張嘴，女性的唇語和密語，那是母親的、家族女性長輩的、herstory的話外之音。濃縮太多複雜情緒和幽微情愫，在家族中被歧視、被邊緣化的青春女子，吞下多少血淚和暗語，隨便取一滴咒怨的濃縮液放進汪洋，立刻幻化成血海一座，每個字句都如刀山劍林，每個標點都長出獠牙銳齒。不忍細說或只能含淚戲說的 her-story 中，妳在那些口傳文本找出共通點：永不屬於自己的雞蛋雞腿，代替兄弟受罪、承擔的傷，生不出男孩只好連連忍受生產痛與生女後的冷言冷眼。歧異的敘事學長出奇異的結論：生男孩好。

日常話語構成環繞音場，廣告一般，暗示一般，吃進妳的意識，住進妳思路。妳在這樣的脈絡下充滿期待也備受期待，展讀《普門品》時唸得最響亮的是，求男得男。觀世音菩薩的應許。妳提早去替孩子買了紗布衣、小襪小帽，且一概在藍的粉的中選了藍——這到底是哪派迂腐的性別色彩學？妳竟一派天真又歡樂地跳進了妳過往最不屑的簡化分類中——於是當妳在婦產科醫生暗示下得知是女兒時，竟落淚了，妳就承認那樣的淚水不是喜悅的，那難道不正是從母輩故事海中取出的一滴淚？血淚史濃縮液？一滴就足以派生無數煩惱、蓄積出一缸缸血淚情仇的故事，正掛在妳蒼白的臉上，且正莫名其妙地由滴成珠、成串。妳驚訝的倒不是不如妳願懷上女兒而非兒子，而是震撼於妳根深柢固的反應：原來妳那麼想要一個兒子？延續香火的老掉牙故事居然在妳的眼淚中烽火燎原？妳太驚訝妳的言不由衷，想想妳是怎麼嘲笑那些至今仍反覆上演的不合時宜？妳顫抖著傳訊跟妹妹說：是女生。

訊息很快已讀，妹妹的回訊溫柔，妳永遠記得那句話如何深度撫慰妳，同時也清晰照亮妳的偽善和歉疚——說說看，妳到底為誰歉疚？妳是那麼努力修改剪裁自己的心意和身體，爬過矛盾的荊棘和困惑碎玻璃；反覆的自我說服和校正才心甘情願讓肚皮隆起？——之所以這句話會在記憶中清晰如閃電，是因為其他的話語如同最深濃的黑夜，太強烈的對比。

「沒關係，妳還年輕，還可以生下一胎，下一胎再拚男生吧。」什麼時候她們也帶著男性和父親的口吻說話了？（拜託妳永遠別用這樣的口吻對所有的女兒們說話）大富翁遊戲的機會和命運，是可以選擇的嗎？妳可以選擇掀起來的底牌花色嗎？是不是一開始就不該輕易加入牌局？後知後覺的妳才知道這是一場玩不起也玩不完的遊戲。沒有終局，撐到最後的是贏家往往也是滿頭灰滿臉枯槁，破衣爛衫。妳恍惚想起年輕時看的電影《野蠻遊戲》，惡獸追、獵人捕、大水淹、猛火燒，啊，這不是《普門品》中的末世災難嗎？妳看得心驚膽跳，簡直恐怖片。

一個從 her-story 流淌出來的敘事：一向堅持不婚、只交男友的朋友C，好不容易度過三十二歲避開逢年過節追問，雙方父母說結了婚怎樣隨你們。婚禮上請的嘉賓祝賀早生貴子，長輩嘴角上揚，她淺笑作嬌羞狀，心知這不甘我事。婚後三年，夫妻倆還如過去爬山騎車露營好不快活，幾次長輩拜訪後留下若有似無的暗示，誰家小孩比你們晚婚後來生的小孩好可愛，爾後發現全球證實最有效的懷孕法的書籍，若無其事被留在沙發椅上；又說擔心她工作太勞累，要好好補身，留下一包包中藥材，拿去問中醫師才知是生子偏方。日後又扛來什麼暖子宮的科技發熱被。C盯著那堆長輩從購物頻道訂妥直接寄到家裡的什物，找到一個關鍵詞：求子得子。

「先生女生好啊。姊姊可以照顧弟弟嘛。」這些安慰聽起來都不再單純。如同後來妳一年後意外懷孕，也順利生下男生。每個見到妳的善男子善女人都笑嘻嘻說：老大姊姊，老二弟弟，姊姊可以照顧弟弟，一百分。太好了。

幾次聽到對方給了加糖加蜜的一百分，內心浮現問號：姊姊和弟弟為什麼就是一百分？有人會趁勢補充，如果是哥哥和妹妹就是八十分。堆起笑臉，沒有繼續說下去。妳知道他們沒有惡意，不過就是習以為常的善意祝福，於是妳好像也莫名感到朦朧而模糊的幸福。但妳始終充滿困惑，滿分的嘉獎立刻將妳帶回國中教室，不到一百分；少一分打一下的殘酷舞台，老師請學生們背對黑板，微微前傾，揮舞著手上的藤條，彷彿鬥牛士的激情演出，藤條在空氣中摩擦出響亮的咻咻咻，幾乎要擦出火光那般準確朝匿名的、複數的屁股擊落，在制服褲上彈跳出歪曲的音符，在其他同學燒灼的目光下，很有劇場感。（或遭王難苦，臨刑欲壽終，念彼觀音力，刀尋斷斷壞）揮之不去的分數和評比橫行過慘澹青春，原來成年了也是這樣？妳其實想追問：那生兩個男生呢？兩個女生呢？生一個？不生呢？

想到另一個故事。

佩妮和妳一樣莫名其妙拿到一百分，先女後男。平日住北城，有次帶兒子到南城開會，將兒子託給南城的婆婆照顧。會議結束，要去接兒子時，婆婆笑說難得來，好多朋友想看這個白胖小孫子，胖嘟嘟多可愛。佩妮面有難色，解釋回程車票已買好，剩一個多鐘頭，又是嬰兒推車又是行李又要換尿布，怕太趕。婆婆說她朋友迫不及待想看白胖娃兒，搭計程車很快，十分鐘就到，看一眼就好，不閒聊，人家超想看的。再怎麼樣，搭下班車也行，沒事。無法拒絕，遂莫名拖著行李捧著男嬰飛車前往，沒想到正逢下班時間，十分鐘的路程竟繞了二十多分鐘才抵達。佩妮好焦急，手中的紗布巾被她絞了又絞，下唇也是咬了又咬。好不容易到達，按了幾次門鈴後，門開了，探出一張慈祥老臉，原來是婆婆朋友的年邁母親，直說歡迎歡迎進來坐，佩妮急著配合演出，一腳正待跨入，婆婆一手捧娃一手擋她，說不用不用，我媳婦趕車，給妳們看一眼就好，妳看妳看胖嘟嘟好可愛。慈祥母親眼睛放光，問男生女生？婆婆說：小男生，但好秀氣，噯是不是很像女生？兩人遂嘖嘖讚嘆，佩妮擠出笑。年邁母親頻頻回頭對一個和婆婆年齡相仿的女人說：來看這小男生，好秀氣，像小女生一樣。

接下來的聲音佩妮永遠忘不了：距門口幾步之遙，側身對門的是婆婆口中那位超想看男嬰的女友，彷彿有氣，正咬牙切齒：就跟她說我急著出門無法看孩子，她就是硬要抱來給我看，是怎樣？她到底想怎樣？佩妮不敢置信，胸口緊縮，趕忙接過孩子，催促婆婆：真的要走了不然趕不上車。

從青春延續到成年、老年的競賽。

比分數到拚孫子。佩妮忽然想起對方的子女未娶未嫁，當然無孫子可抱。南城的夏夜理應炎熱，但在車上的她感覺寒氣從腳底直衝腦門，牙齒都在顫，下意識用哺乳巾裹住嬰孩。車廂的冷氣總開得這麼強嗎？

妳終於知道為何母親千方百計喝漢藥吃偏方求神拜佛也要懷上男胎。（她當時有認真讀《普門品》嗎？）少女時期的她成績優秀，讀了當地最好的女中，放學後幫忙割草餵牛，常拿滿分的她在婚後拿了幾分？周圍的目光和嘴巴都等著隆起的肚皮、掀開的底牌，在命運隨機出題的試卷上，她是否曾焦慮拿不到滿分？連生兩女是否還有及格的可能？沒有繼續說下去的故事有太多細節被消音，或者說，充滿著雜音。

妳記得國中時，母親終於懷上男胎，對少女而言這件事比不上班上男生傳紙條給妳來得重要，妳太年輕，不知道這件事在家族史上被重複演了很多遍，血淚的濃縮液只要一C.C.進入生命，就如詛咒、流言散開，可能比經期還折磨，那不是「真的超痛的痛在地上打滾」這種可以說出來的程度，而是最後讓妳無言以對的艱難，還有漫天籠罩如霧的大規模沉默。彼時妳什麼都不知道，青春的妳只關心分數、臉上痘痘、班上男同學曖昧的眼神，家人對妳的要求也只有分數，以至於母親肚腹為何始終沒有順利大起來；妳沒有如期迎接所謂的「弟弟」，以及那段時間都沒回阿嬤家和外婆家，妳完全不追問。當然，不會有人告訴妳，也沒人願意說下去。

直到很久很久以後，妳和妹妹想起這件令父母遺憾的事，無比慶幸也心懷僥倖。家族被寵壞的唯一男丁所能幹出來的事，常常超乎想像，history上已有明載。妳聽過太多不肖子的故事，但妳聽得更多的是賭博、詐欺、散盡家財、毆妻揍母的不肖子，在母親心中還是永遠勝過事業穩定、善良賢淑的女兒們。

妹妹在「是女生」後回訊：太棒了。好期待見到她。

繼續誦《普門品》。不為求男得男，妳完全不想再生孩子，繼續讀只是習慣。還有一個好處：誦經聲可以遮蓋其餘的音聲。果然勝彼世間音。勝彼世間音啊。

後來妳得知懷了第二胎，他們說：姊姊帶弟弟來了。笑盈盈的眼波是超音波，還是許願池？一百分還是不及格？當時還無從判定性別，距離醫生掀底牌的時刻愈近，妳明顯感受到緊張具現為緊縮的胃和乾澀的喉嚨。妳繼續誦《普門品》，究竟還是為了求男得男還是安撫不平靜的心？無從分辨。也是到很後來，學習在婚姻中把自己摺疊再摺疊，修剪再修剪，從溝通、辯駁到最終保持緘默，妳才知曉那伴隨遠古母系流淌而出的血與淚，除了被歧視、被指責的恐懼外，是不是也有更多的擔憂：不要女兒受苦。

不要女兒受苦，跟我一樣的苦。

歷史上的母親不是女神，不是觀音，她們沒有一雙超越現世預知未來的慈悲眼目，只能以受限的自身經驗想像女兒們的未來，既擔心女兒不走上婚姻這條路，又擔心女兒走入婚姻這條路，一路跪著爬過來，即便荊棘刺穿她們的膝蓋和雙手，似乎只能以貧乏想像守護女兒們的未來，難以言詮的經驗傳承。很難抉擇的選擇題，最後只能以傳統式的消去法胡亂猜題。她們並不知曉可以交白卷，拒絕回答。

生下兒子的那天，妳收到家族來的大紅包，日後親戚打金飾慶賀，分送的油飯和紅蛋泛著慶典的油光。從此妳就要幸福快樂起來了嗎？當時妳不知道接下來幾乎要了妳命的憂鬱症，過度叮嚀、愛的證明和其他。

彼時妳專注凝視提早三週出生的兒子，瘦弱地被白淨的大毛巾包妥，像甜點一樣被慎重裝盛在透明箱裡。由軟毛巾、墊被、透明箱及下方的四個輪子構成的微型世界，妥善地接住他了。妳卻還無法從產後的複雜情緒、身體震盪中被順利接住。妳被訓練成自己接住自己，當妳唸誦觀世音菩薩的名號，妳乘著聲線前進，尤其在各種雜音如子彈向妳射擊，火焰化紅蓮，喧囂變光網，向下墜落的妳被接住，念彼觀音力，如日虛空住。觀世音菩薩有如是等大威神力。

朦朧睡著，夢見知曉第三胎仍舊是女兒的女友，在丈夫的提議下拿掉孩子。她淚眼婆娑問妳，這樣我會幸福嗎？多想留住她，身體都還沒長全的無緣女兒。夢見婚禮那天，許多善男善女的善心祝願：早生貴子啊。夢見母親在電話中和阿姨們低語，反覆訴說不被愛的細節，外婆的愛專屬獨子，永遠要姐妹們收拾爛攤擦屁股的哥哥，弟弟們。

妳在突如其來的晃動中驚醒，地震。吊燈細微搖擺，兒子仍熟睡。妳只想打電話問丈夫，女兒還好嗎？今天不能陪女兒睡，她有乖乖入睡嗎？此時此刻，妳只想緊緊擁抱著她。

此刻母親來電，先問地震有無嚇到，然後說，妳知道今天什麼日子嗎？

不知道。什麼日子？

今天是觀世音菩薩誕辰日欸。妳的兒子——從此之後，慣用語中多了一句話：我兒子——跟觀音菩薩同一天生日欸。提早三週出生——停頓。他自己選的日子啊——停頓。感謝——停頓。觀世音菩薩。妳心底納悶，母親為何哽咽？為什麼說不下去了？妳更納悶，妳竟開始流淚，無聲地，無法遏止的淚水，一滴一滴向下墜落。母親的眼淚，為何又從妳眼中流了出來？

觀世音菩薩，原是男神的你，為何成為女神？妳望著觀世音的慈悲容顏，輕輕問道。

水面下

隔著兩條水道，看女兒游泳。現在她開始練習仰式了。

今天，教練抽掉她緊抱的浮板，她學習漂浮。仰躺的她在水面上浮沉，歪斜，晃動，小小的鼻尖和戴著淡紫色蛙鏡的臉，像精巧的小島，薄薄切出水面。沒一會兒，細微的泡沫花瞬間聚湧。她失去重心，倏地掉下水面，張開的唇也隱沒，只剩小小鼻尖。

我的心多跳了一拍。

只見沒入藍色的她試圖將自己撐出水面，頭顱晃呀晃，水滴沿著微笑綻開的臉頰滑落。還笑的出來代表無恙。她深吸一口氣，往後躺，纖細的腿踢呀踢，小小的臉像檸檬派，抖出泛著奶油光的鼻尖，顫顫，平衡。然後，蛙鏡、鼻尖穩穩地浮出水面，又隨即隱落，表情晃動，小島晃動。我的心也晃動起來。教練游到她的身旁，扶住她正逐漸向下傾的腰，平穩身體。教練將手放開的瞬間，她平躺於水面，湛藍水波切過她躺臥的身體。她終於像悠遊羊水自在了起來。洋流古老，島嶼年輕。

疫情前兩年，幫女兒報名暑期密集游泳班，週一到週五，上午九點半到十一點。初次上課，是女兒準備讀小學的暑假，我牽她的手從炎熱的戶外停車場步入陰涼喧譁的室內，指尖傳來她的興奮。過去的她只在游泳池裡，坐進小鴨鴨泳圈，漂浮或戲水，不曾練習憋氣、換氣，更不懂如何游泳，理所當然上初級班。不過第一天上課，那些初級班中有三分之二的同學，在岸邊做完體操，依循教練指示換氣、打水後，就魚貫游出去，輪流更替蛙式、自由式、仰式，完全不是初學者。剩下的三分之一同學，至少可以閉氣潛入水中，雙腳勤快踢出水花前進，完全不會閉氣的只有女兒，名副其實的初學者。

接近窗台的三個水道通常專屬於游泳班，供在泳池外的家屬坐在窗台前，就著整扇透明窗玻璃，看自家寶貝游泳。大部分的父母或長輩，通常沒看多久就習慣低頭，潛入手機裡那麼熱那麼冷的水域，忘情徜徉，偶爾抬頭換氣。我也曾像他們一樣，坐在這裡讀書、看文稿，也間歇抬頭找我的女兒——這是後來的事，進入中年，諸多人事很快就失去新鮮色澤，注意力分散，記憶剝落。心不在焉又記憶忘失——不過多半時刻，我專注凝望女兒，想好好看看她的模樣，將所有的她珍藏於心。

第一堂課，我透過窗玻璃看見排在最末端的她瑟瑟發抖，因為冷？還是害怕？她望向我，求助的眼神。

如斯眼神。

看到童年的自己，鋼琴演奏會的舞台上，面向觀眾僵硬微笑的同時，急急搜索觀眾席的前排，母親的臉，當時的我恐怕就露出這般目光。也記得小學高年級時，我代收班費，卻在體育課後發現錢全不見時，母親接到班導打來的電話，匆匆趕來學校，我大抵也用那雙眼神對上母親的目光。緊張、犯錯、不知所措的童年女孩，用那雙說不出話但又彷彿什麼都說盡的眼神，凝望身旁的成年女性。

妳希望成熟的她能幫如啞的自己解釋，發聲。

看著池畔的女兒和彷彿跟在她身後的、童年的我正雙雙看向我，水溶溶的臉。我離開窗邊，快速脫鞋，踏入清潔腳部的淺淺冷水方池，走向在泳池中的教練。經過女兒身邊，輕撫她手臂時確實感受到微微顫抖，在那群嫻熟於各招泳式的孩子們裡，女兒顯得過分嬌小和脆弱，可能出自於對新事物的莫名畏懼又將她縮小了些，她看上去更像在華麗千層派、重起司乳酪、提拉米蘇等重磅奶油朵旁，扁掉的檸檬派。

我彎下腰跟池裡的女教練說女兒完全不會游泳。教練在水聲和嬉鬧喧譁聲間，終於聽懂我的意思，露出令人放心的表情：「沒關係我從頭開始教。」輪到女兒時，教練果然示範閉氣，捏緊鼻子，沉下去，浮出來，以此姿勢於水道中前進。那堂課女兒就學會換氣，一週結束前，也像那些孩子排隊，魚貫游出去，約莫是半條人魚。

三週來，我坐在窗台看女兒持續進步，看小巧的她有時怯怯有時自信游出水道。閉氣、踢水、自由式、自由式換氣到蛙式、換氣再到仰式。她的手腳踢出水花，宛若燦燦白光。蛙鏡遮擋了她的臉，但從她的動作，可依稀猜出她對於犯錯的挫折感與懊惱。即使隔著窗玻璃，也能感受她嘗試新事物的膽怯、緊張、自我說服、模仿、練習、受挫和終於達致的成就感。我的眼神離不開她。

有些家長會到泳池畔喀嚓喀嚓攝下孩子學習的過程和姿態。但如果我也勤懇記錄動態，就會忽略那些正在發生的細節，水面上的她，水面下的她。或者說是冰山上的她，以及冰山下大面積的她。

我的眼神離不開她。

當她順利游完一輪，回到其他孩子後面排隊時，她會望向我，給我一朵好美的笑，眼神裡的訊息彷彿說：媽媽妳看，我做到了。

童年的我也是如此。

成長過程中每前進一小步，便想與父母分享：媽媽看，我做到了。童年的我手捧考卷或畫紙，練好鋼琴，踩穩舞步，讓陌生的英語字彙在舌尖滑溜滾動，仰臉對他們說：看，我做到了。我的成長是台灣才藝班和補習班興盛起來的時代微縮卷，彼時，必有那麼多張稚嫩的小臉仰著，希望能以持續進步討好集體的父親和母親。當然也有許多無此特權的孩子們將臉埋入勞動的塵埃及煙硝，以換取一餐飯、一枝筆、一雙鞋。

無論何者，集體的聲音從發黃的歷史檔案中傳出，共振，形成回音：媽媽妳看，我做到了。

但，如果做不到呢？

生命中有太多比學會游泳更艱難的事。

在女兒對我燦笑前的幾天，我們去買她的泳衣。女兒選了藍色系，不是顏色的緣故，沒人規定小女生一定要穿粉色，她喜歡最重要。不過關於樣式，她有自己的主張，她堅持要細條紋，但我怎麼看，還是圓點比較順眼，於是我用溫和的語氣提醒她：妳不是書包選圓點了嗎？深藍色圓點和妳書包一樣，這很配。側臉對著我的女兒撫摸泳衣上的條紋：泳衣又不用跟書包一樣。

她說的沒錯，誰的泳衣要搭配書包。換我無話可說，最後帶回藍色條紋泳衣。

尚屬溫和的購衣日常。

孩子更小時，總常出現比樣式更難的選項，卻也有比選條紋泳衣更頑強的意志時，母女間的對峙便常出現。天真的孩子決意要改變物理定律，像是堅持在機車前手握公仔或畫紙，但又不允許飛馳的速度捲走輕量物體，又或堅持要嘗試瑜伽行者的奇妙姿勢喝果汁，但又不能接受晃蕩的車體讓橘紅色液體從瓶口飛出，順勢染上她最喜歡的白毛衣。水往高處流，凡堅實必得穿透，想要的東西立刻從天而降，說有光就要有光。孩子的物理學脆弱又霸道。

想來衝突常和選擇相關：要不要買，要不要去，要不要玩，彼此都堅持，然堅持到最後，事件早糊成一團。常聞吵架時，誰指著對方大聲：你不要模糊焦點。但我猜想，真正的焦點從不是事件，而是作為家人，你能不能看到我，體會或接納我的感受。說出口的語言最終都變成亂掉的線團，完全無法具象化水面下和冰山下的浮動和脆弱，「我最討厭你」可能要表達的其實是「我很無助疲憊」，因此往往不是她哭就是我哭。

哭聲刺破虛空，讓已達臨界的情緒終於滾沸，又有一句話從歷史檔案掉出來（我們這一代人再熟悉不過）：不要哭。

有什麼好哭的。伴隨著恫嚇語氣。

孩子哭鬧令人躁，尤其密閉空間更是如此。安靜車廂或餐廳的現代性低調冷光，任何聲音都會被無限放大，壓低聲量是美德，否則立刻招來劍一般的譴責目光。噓。珊妮談起搭飛機的往事，懷中幾個月大的女兒可能受不了機艙的壓力，止不住啼聲，空服人員前來提醒和請求（壓低音量），同樣焦急但畢竟無可奈何的她連聲抱歉（也壓低音量），三番兩次折騰，終究壓力破表，作勢要將哭聲燙人的奶娃扔給空服人員：我知道她真的好吵，但我真的完全沒轍，如果你有辦法，你來（無法壓低音量）。朋友L也曾兩手一攤，細述丈夫工作壓力大，回到家無法容許孩子哭聲，只要孩子隱隱哭鬧，疲倦的丈夫會突然精神抖擻大罵，用力摔門，氣沖沖踱出房門。碰。碰。碰。碰。（再無法壓低音量）L只要聽丈夫將鑰匙插入大門旋轉，無論正在做什麼，下意識隨手一丟，慌忙抱起嫩娃閃進臥室，將不容破壞的奢華寂靜留給易怒的丈夫。有次兒子撞到嘴角，張著血淌如紅花的破唇揚聲哭嚎，她竟不先處理傷口，而是下意識摀住孩子口鼻，朦朧那團啼聲的同時也模糊了嘴角綻裂的血花，速度之快、力道之大彷彿矢志消抹嬰兒的聲音。（請壓低音量）

不要哭。不准哭。

如果做不到呢？

哭聲，照說是我們來到世上的第一次發聲，從逼仄的母體中被擠出來的初啼，在生產現場是值得慶慰的。皺縮成一團，又是黏液又是血垢的小小身軀，卻充滿電力地用盡力氣，嚎啕大哭。嬰孩哭了，醫生、母親、父親或在場的見證者才笑了。健康宏亮的初聲。不哭的孩子令人憂心。

但從生產進入生活，從躺臥到直立，哭聲漸漸讓人笑不出來。哭聲似乎等同沒教養，沒自制力，沒社會化。（嬰兒確實沒有自制力，他們連屎尿都無法控制）至於教養，要內心如同我們一樣阿雜的孩子不要哭，想來究竟是何種教養？

我想到曾為了讓嬰兒期愛哭、童年期是超級大聲公的兒子在高鐵上安靜，最常使出的絕招就是讓他吸奶吸到睡著，這是育嬰指南叮嚀最致命的育兒方法頭幾名，卻是能讓我和其他乘客充分沉浸在文明規約的不得不然，為了自己的顏面和乘客們的心理衛生，往往使出必要之惡，即使他都長牙了我還是忍痛讓他含乳。當他看似睡著，我輕輕抽身而被他察覺，又咬得更急更緊。幸而我通常是桃園、台中往返，如果是台北、高雄來回，傷勢恐怕不淺。

曾在高鐵看過一齣家庭（悲）劇，一名約莫幼兒園大的男童在大廳鼠竄，挺有威嚴的阿嬤喘吁吁追上他後，箝住男孩的雙臂，對身旁的年輕女子大吼：給我打。只見那位年輕又疲倦的女人（男童母親？）無表情地——冷血？無情？還是無法改變家族慣習的她也放棄了？——俐落地甩給男童清脆兩巴掌。啪。啪。女人沒有虛應故事，那兩巴掌結實到令我發怔，旁人也驚訝覷著。阿嬤看來似乎挺滿意：看你以後還敢不敢。男童在公共場合被揍不令我意外，但真正讓我不安的是接下來的畫面：我以為男童會大哭，但沒有。

他就在那兒，像靜物杵在人來人往的步伐和視線中，手臂被反折，承受女人有力的掌心，似乎早就習慣了。

（不要哭。真的做得到？）

打完之後確實靜了一會兒，直到彈跳上手扶電梯又嘻嘻哈哈。

（不要跳。如果做不到呢？）

男童沒哭，我卻在疾馳的車廂上，望著漆黑的夜哭了。那時背包裡的書是多麗絲．萊辛的《第五個孩子》，我也才知道，那些從來就不是小說，不是虛構的事。

哭過之後，只要能順利爬過自尊和傲慢的丘壑，度過最耗時費力的自我辯解，暫時拋下名之為母親的硬殼、成人的胄甲，我會去擁抱孩子。如果我能說出他們的委屈，他們的嗚咽會突然拔高幾個音階，又爆哭起來。應該是被理解的淚水，因為聲量會漸漸轉弱。

跟她道歉：對不起媽媽實在太累了，身體好不舒服，剛剛太激動沒有注意到妳的感受。尚未讀幼兒園的她似懂非懂，但到了五、六歲，也可以靜靜來到身邊，主動將溫暖小手覆蓋在我的手上，嗓音甜絲絲：媽媽沒關係。媽媽對不起。

來到彼此擁抱、真誠對視的最後一哩路，要花上好多時間。

作為一位母親，如果不選擇「好了你無理取鬧我不睬你」，也不以打罵碎唸控制管束，那麼她所碰上的難題不但超乎想像，要處理的委屈恐怕也成倍增長（裡頭還有自己的情緒雜蕪）。如果長輩在旁，複雜度往往更高，不是說不要哭，就是趕緊往他們嘴裡塞食物或奶嘴，孩子扭動亂跑卻又忙不迭威嚇甚至出手，如果想靜靜耐心等待哭泣的雲朵飄去，接納他表達情緒的自由時，就會被貼上「怎麼都不教小孩？」「不教（打罵與說教？）以後他長大很難控制」的標籤。我無話可說，坦白說我也不那麼熬得住孩子的哭鬧，但也練習克制脾氣，盡可能耐心走過他們哭泣、踢東西等情緒，但我寧願默默收下一張張「就是不會教小孩，太寵他們」的標籤，有時得背對著理所當然、渴求速成的長輩式教養，忍耐羞辱或譴責，爭取時間讓孩子們認識自己的負面情緒，看看內心湧動出多少黑色河流，在高大濃密的黑森林裡，試著踏出一條日光照得到的路徑。

當然很多時候，我也有黑色急流，站在情緒氾濫——他們說這個叫做歇斯底里——的洪流，挾帶的力量翻出了水面下如陳年垃圾的情緒史，恐怕得追溯到羊水時代的複雜經驗讓我也傾斜了起來。

想起女兒在晃蕩水面間試圖平衡的模樣。失敗了再嘗試，再練習。

我願意看一看水面下、冰山下可能的百種神秘感受。然後漸漸知曉如何面對並拿捏與孩子間的碰撞。

不急著先去遏止他們的哭聲，如果自己已置身洪流，也只是將更多髒水潑到對方心上而已。再說哭泣沒有不好，淚水常溫柔地帶走好多體內高壓和困惑，粗礪的塵沙順著水流而去，該有多美。我來到浴間，如果剛好要洗澡，不如就將蓮蓬頭開到最大，讓筆直而堅毅的細細水柱抹去臉上的淚，通過悲傷河流。彼時我會看到小小的自己，女童的自己，好多時刻受委屈的自己，就在那黑暗的流道中沉浮。

我想，為何成人會被孩子的哭泣聲給惹毛，發怒、焦躁而想制止？

孩子的哭泣在我心上擦出燦爛火花，事件似乎再也不重要，事件輪廓淡化，感受卻無比真實，我倒退回那些從不知如何當母親的女人，哭聲像黑水倒出，從頭到腳，感受刺痛與憤怒。倘若持續站在氤氳水柱下一會兒，旁觀那個哭喊出聲、肩頭抖動的所謂失控的、激動的、歇斯底里的母親「她」時，以及從不同時空掉出來的、用哭聲挑戰我震撼我的孩子們時，我發現壓抑並湧動在水面下的情緒：酸酸的，暖暖的，糊糊的，一絲絲的，羨慕。

羨慕？

羨慕孩子們可以無所謂的大哭，以及大人定義的大鬧。

所謂孩子不聽話、成人不教導的空隙之間，有雙願意停下來的手，困惑但謙卑的眼，願意傾聽的耳，還有最難的是察覺並願意抵抗從上一代流淌出來的慣習——那從生存荒地一路被承襲下來、模仿的慣習，在許多孩子們臉上、掌心和心上銘刻了羞恥的勳章。對峙的時刻，不會再有雙手反在背後，無可奈何的臉，承接一次又一次響亮的肢體或語言暴力（是誰該降低音量？）不會有「不要哭，哭這麼大聲會吵到別人」的煩躁。

我學習陪伴並等待那麼黑的烏雲靜靜移開，那麼黑的水悄悄流入下水道。看，我做到了。

望向許多個我，孤立在情緒風暴的歷史兒童們，對他們說：看，這次我做到了。

後來我和女兒一起游。

我在她旁邊兩條水道，盡量不那麼熱切地找尋她。我知道持續學新泳式的她仍會遇到難題，但我相信她，也願意給她琢磨、練習甚至放棄與哭泣的機會。戴上蛙鏡，深呼吸，我從眼前的水道滑出去。我也有我的難題。我願意重新學習她的學習。

課後，我們會繼續游一陣子，直到餓得受不了。

我們游仰式，從躺臥的角度仰望游泳池的弧形屋頂，正午的陽光就在屋外徘徊，有時過於耀眼。

我們閉氣沉入水中。
她扭動身體，她擠眉弄眼。
我們笑了，水中的笑聲朦朧，好像被典藏一般。
水面下的她還是那麼美。
我的小小檸檬派。

躺地上

1.

不要躺地上。

我說，不要躺地上。

不．要．躺．地．上。

要講幾遍：不要躺地上。

兒子仍躺地上，似乎要你給他一個答案。此刻，對情緒高漲的他來說，所有答案都顯得太過單薄，沒說服力：地板很髒，晚上有蟑螂爬，地板怎樣怎樣。

事後，若我意識到又端出「母親」的臉孔；過分流露「母親」的擔憂和煩躁時，就來練習換位思考，猜猜孩子的思路：地板怎樣怎樣會怎樣？

地板髒又怎樣？我的內心不也正烏糟糟？髒垢之地不正好能接納傷心又漆黑的我的心？

到底是地板髒重要，還是此刻被世俗塵埃層層裹住的我的受損心重要？艱難的問題。更難的是總要在幾秒鐘內作抉擇，給答案。於是乾脆什麼都不討論，直接說「不要躺地上」，本能的解決方法。

躺地上之前，也有正在變黑變硬的心。對母親和孩子都是，情緒快崩盤的時刻。

地板髒容易看見，心的汙垢不可見。再說地上真的髒？玩具賣場潔亮的地磚恐怕比我家馬桶乾淨，青青草地的泥土是否較化學洗潔劑更乾淨？即使那些有形物確實髒，卻也容易清洗，心的汙垢反能藏得更深，也更久。潔與不潔，相對的命題，可見不可見，也被障蔽的心與眼層層遮蓋。

賣場的地板不時躺著大哭又踢腿的孩子，身旁直立的女人不耐大吼：「就算你躺地上大哭我也不買給你好嗎？」有的女人乾脆走掉，狀似疾行，實則等待躺地上的小獸緩緩爬起，跌跌撞撞追上刻意放慢行走速度的女人。那些問題、抉擇、難點同時浮現眼前。我坦承無法回答。

外面的地板可能不潔。

如果在家，為何不能躺地上？哭泣不能躺地上？生氣不能躺地上？何時適合躺地上？用孩子的角度自問。

2.

死的時候可以躺地上。

攤屍的時候就躺地上。

如同此刻，我正躺地上。

攤屍式，瑜伽最終的大休息。閉眼，攤開四肢。

多年前上瑜伽課，最喜歡這最後一哩路，有時身旁就傳來輕微鼾聲，有人居然睡著了。我不曾在大休息中睡著，也許我太努力放鬆，試圖鬆開右手，右腳，左手，左腳，和身體的每一個部位，聽來有些矛盾，努力如何放鬆？放鬆於我確實不是件容易的事，因為大多時候習慣上緊發條，童年那句「不要輸在起跑點上」的規訓如針劑注入我輩中人。成長，意味著鍛鍊好每一束肌肉，管訓好每一吋意志，說服自己朝向沒有意義、不知所以然的目標盲目衝刺，這些隱形的奮發圖強刺青般吃進皮膚和血脈裡，成為一個突起，一個尖刺，一個令人日夜不安的暗影。

即使身體看似躺平，多半時候，仍妄念紛飛。後來才知道攤屍式看似簡單，比起將自己摺來拗去，躺地上還不容易嗎？但這其實是最難的一式，聽聞攤屍是全身放鬆，但需保持清醒，我想起過去的瑜伽老師在學員躺平時，會輕聲唱名身體各部位，從頭到腳，要我們感受那裡的狀態，依序進行，再移向另一處。

靜躺半晌，又從腳到頭，溫柔喚醒它們。曾上過的禪修課也是，導師請我們專注觀察，從人出息再到身體各部位：熱、冷、麻、痠、癢、冷、熱或全然空白，以清晰的意識巡禮一遍，不批判，不耽溺，只是知道，只要感受。

直到現在，我還在練習全然的放鬆。

3.

不僅傷心、生氣、挫折、要大人買東西時躺地上，沒有負面情緒和要求時，兒子也躺地上，尤其出門前最為惱人。

曾有段時間，最困難的事莫過於把兩個孩子送去上學。總在一腳跨出門的時刻，兒子突然要大便或襪子少一隻，即使剛剛穿妥兩雙襪子，出門前就是會有一隻淘氣地躲了起來。好不容易踏出門，搭電梯到一樓（有時竟然就在電梯裡幫他們穿鞋刷牙），一個說沒帶水壺，另一個居然穿拖鞋，或是沒帶碗沒帶什麼。他們永遠老神在在，還有餘裕互戳，往往更令我血壓攀升。

若趕著出門，躺地上的孩子更容易令我浮躁起來。

對年幼的孩子而言，時間約莫像天光、雲霞那般慷慨無私的存在，他們不知道為什麼要費心趕赴下一個所在，甚至不知道下一個地方是什麼。《環保一年不會死》的作者柯林貝文想帶女兒去公園玩沙，但路程中，她偏偏被人行道上消防栓的鏈子給迷住了，她蹲下去撥動它，靜靜注視它左右搖擺、晃蕩，直到停止，才願意起身繼續走。遇到下一個消防栓，女兒又蹲下來玩鏈子，戳弄它，搖動它，觀察它，等待它停止，樂此不疲。柯林貝文急著帶女兒去公園，正當他不耐到快要發飆時突然意識到，女兒其實不用去公園玩沙，光戳鏈子就讓此刻的她如此滿足，反倒身為父親，他只在意最終目的，忘了過程就是目的。

蕾拉・司利馬尼的《溫柔之歌》中，當母親為了讓保母代替自己出席家長日而道歉時，女老師說：「這真是世紀之惡」，並提醒她：「您知不知道父母對孩子最常說的一句話是什麼？是『快一點！』」當我看到「快一點」時，心抽了一下，因為曾那麼不喜歡聽母親催我快一點，現在卻常對孩子說「快一點」，也常聽到長輩催孩子「快一點」。有次聚餐，其中一位年紀也老大不小的男子，注視著密密麻麻的菜單一會兒，拿不定主意要吃什麼，立刻被他的母親催促：快一點快一點。餐點才上桌，吃了兩口，咀嚼，耳邊又響起母親的「快一點」，速速吃完正餐，待飲品甜點上桌，又得快一點，弄得旁人也跟著緊張。沒有明顯可見的行動，一個接著一個，往結束的方向確實而有效的移動，似乎就是沒效率和浪費時間？

躺地上看來正是浪費時間中的最極致。什麼都不做，什麼也做不了，無法推展到下個步驟，往結局前進一格，還擋住他人向前走的步履，真是大型廢品。停格的、中斷的、散漫的象徵。你心裡上火，他雲淡風輕，看著天花板彷彿仰望星空。躺地上的即興與革命，或許對抗的正是「快一點」這類成人式的莫名急躁，如果緊湊的行程、濃密的活動最終被包裝成充實假期，成為理想家庭的理想假日方案，難怪成人得時時帶著孩子奔赴一處又一處，最後又累得只想躺地上。週間亦然，洗澡吃飯做功課扔上床，無縫接軌，如此日子才能過得平整，不起毛邊？

某天，躺地上的兒子突然起身，摸出一只塵絮覆蓋的耳機給我，我驚叫一聲：正是半年前遍尋不著的耳機。

哪裡找到的？

在妳床下找到的。

滾動如石的兒子最愛平躺、趴臥、跪地，蛇來貓去，如此方在我的床底發現不明物體，伸手或拿長傘搆出來，是耳機。每隔一段時間，他就會在書櫃、鞋櫃、紙箱還是什麼家具底端（有時乾脆整個人滑進間隙），滿頭塵埃，摸出我找了許久的失物。

耳機跟妳玩躲貓貓，好調皮。兒子說。

兒子躺地上，我倆竟也因此尋回了以為丟失的物事。

4.

躺地上提供了不同的視角，有別於站立與安坐的水平視線。

疫情期間，我每日在家，跟著Mady Morrison線上運動、伸展、瑜伽，最愛的還是幾個躺地板的動作。平躺，曲右膝，將之緩緩倒放於左側，貼地，盡量維持上半身不隨之偏移。除了感受身體，我也從這個角度看天花板，前屋主在那兒留下浮雕般的裝飾，海浪、花葉還是幾何圖案，在天花板的頂端凝結，看著那一方規律的浮動，有時也莫名平靜下來。

躺著看到書櫃上方堆積著文件，一旁的狹小空間也塞了紙張若干，那是什麼呢？環視靜止的家，很少被專注凝視的家屋細節，此刻如同被欣賞的靜物，以美好的收斂回望著自己。彷彿為了報答我獻出獸類最脆弱的肚腩，靜物們緩緩改變姿態，從靜物幻成動物，從固態流成液體，即便小塵埃圍繞，都覺得那灰階與濃黑好像懷藏了一個說話的慾望，接著便悄悄一張、一縮其孔竅，擺動細小纖毛，向我敞開。

長久注視著吃了好多灰的燈罩，層架上蒙了幾許塵的飾品，心想：哪來這麼多細細塵土？時間、歲月、歷史在可見之物上累積厚厚塵埃，於是終得時時勤拂拭？直立、跪下、彎腰、側身，諸多勞動的目的是清潔和擦拭，要活就要動，不動惹塵埃。因為躺地上，才知道不該恆常躺地上的哲理？再來是趴伏，瞥見桌椅腳，所有物件的根基處，最不起眼也不曾仔細留意的地方，看到我們的鞋底形狀，推敲大家走路的姿態。

躺地上觀察習以為常之物，卻迎來莫名的天開地闊，乍然的清明時刻。真是本然無一物，何處惹塵埃。

5.

不做瑜伽的時候，我其實也有幾次躺地上。

印象最深刻的是某年六月。學期結束前，參加了一場心靈研習，活動過程卻發生意想不到之事，一名參與者當眾說我「假掰」，還有種種令我訝異的說詞。我哭得好慘，心情跌落谷底。回到家前還試圖平靜安撫自己，在電梯裡補妝，對鏡擠出笑容，跟自己說：一切都好，雖然研習結束後我不自覺顫抖，即使到家門前仍無法控制。但我得停止顫抖。記住，微笑，說服自己：一切都好。（也許那名男子說得沒錯，我真的很假掰。）

結果進門又得知噩耗。

丈夫出國，我將兩個孩子臨時託人照顧，也說好隔天我上課時幫我帶兒子，但臨時發生插曲，那人直說得趕回家。我焦急問：我明天上課，怎麼辦？兒子託給誰？對方說：「我們也想幫忙，但愛莫能助，妳問問看還有誰可以幫忙。」說完就彷彿腳踩風火輪疾馳而去，留下一臉錯愕又不禁發抖的我。當時已超過晚間九點，我應該立刻搜尋手機聯絡簿，硬著頭皮傳訊息或打電話找人協助。或應該打起精神，先帶兩個孩子洗澡，讓他們睡著再說。還是應該請人臨時代課？應該收妥情緒。應該深呼吸。應該默唸觀世音。應該應該應該應該。

但當天彷彿被剝了一層皮的我無力想到諸多合理的應該。沮喪和無助在體內撞擊，我努力在假掰和袒露間衝撞，努力克制不要對自己出拳或抓頭髮。兩個幼齡孩子在旁，假掰才能撐持起一個母親「應該」有的狀態。掙扎的結果尚屬溫和，我跟孩子說媽媽真的好累好累，於是我在淚眼和意識皆模糊的狀態下倒地，躺地上。

沒吃飯，沒卸妝，沒洗澡，沒換衣服，我就這麼躺地上。

沒多久，女兒拿來整包衛生紙，抽一張幫我擦眼淚。過了一會兒，兒子則突然將燈切成一盞小燈泡，彷彿小夜燈，然後他也躺在我身邊，一手抱著我說媽媽別哭。

媽媽別哭。我先是放聲大哭，過了一會兒，竟笑了出來。

不知所以然的孩子也笑了出來。那段時間，兒子最常對我說：媽媽笑笑。他還畫了一本小繪本，書名是月亮笑笑。他唸給我聽，他說月亮笑笑，媽媽也要笑笑，聽完我卻哭了。

女兒隨即躺在我的另一側。

六月晚風從落地窗間歇吹來，母子三人就躺地上，我一手環抱一個，撫摸他們細軟的髮，酸酸甜甜從內心擴散。直到覺得涼，孩子幾乎睡著，我才起身將他們抱上床，心想：大不了送女兒去幼兒園後，帶兒子去上這學期最後一堂課，應該可以。（隔天兒子狀似乖巧坐在我身邊，忍到最後，終於拿麥克風學我講話，隨意宣布下課，台下同學笑成一團，歡樂結束這堂「生活美學」的通識課。）

躺地上，給了我直立與前行的勇氣，無論烈日，無論暴雨。

輯三

假日遊戲

閱讀雅斯培和仕女雜誌。

不知道這螺絲是做什麼用的，卻打算築一座橋。

年輕，年輕如昔，永遠年輕如昔。

她手裡握著斷了一隻翅膀的麻雀，

為長期遠程的旅行積攢的私房錢，

一把切肉刀，糊狀藥膏，一口伏特加酒。

——辛波絲卡〈一個女人的畫像〉

假日遊戲

是日，當我們步行於綠園道上，一陣風將大葉桃花心木的葉片，紛紛捲落，於是人行道上及其間行走的人們，及他們的髮際和眉間，都留下了葉片奔墜的軌跡。

我和女兒撿拾起葉片，不想錯過三月中旬，時間、光影和溫度銘記在上頭的春日訊息。像讀取遠古記憶般，女兒湊近葉面嗅聞，深深吸了一口氣。

我笑了，面對紛湧而至的物事，我們的反射動作就是：聞。

即使桃花心木的葉片美麗如斯，褐色的、紅色的、黃色的、綠色的或數種顏色交雜；又即使乾枯的落葉踩起來的聲響動聽，我們最直覺也最喜歡的，還是聞。

會是從小自中藥鋪長大所豢養出來的，刁鑽鼻子的緣故麼？小時候的我喜歡探尋一格格藥櫃抽屜，各色漢藥的氣味宛若淡藍色的霧，輕輕浮在空中：黃連、枸杞、川芎、當歸，這些漢草香氣沾上衣襟猶如夜露，神秘記號，隨我入眠。

成長過程中的嗅覺經驗，在我懷孕時擴張到極致，所有器物彷彿消隱了輪廓、漂淡了色澤，唯獨氣味強烈地彰顯其存在。產下孩子後，靈敏嗅覺似乎被奪去了幾分，但彼時最張揚也最難以忽略的就是母乳了，我和孩子躺臥的床皆沾上了這樣的氣味，包括枕頭、毛巾、棉被、我的睡衣甚至像是鬧鐘、窗簾、桌燈，一切的一切都被乳汁味全面統治，淡淡香氣如影隨形。記得剛坐完月子，我和朋友吃飯，併肩行走時，她說，天啊，妳全身奶味，靠近的人一定都知道妳剛生完小孩。

不知自己帶著高濃度的氣味分子行走，倒是從孩子唇邊、臉頰、髮際聞到，不純然是奶味，還混合著痱子粉和柚子皂的香，搭配清澈眼瞳和輕淺微笑，實在會難以抗拒的捧著、撫著，恬然而安心的香氣，催眠而昏倦的氣味。甚至我曾在育嬰手札上寫下這樣的句子：「連孩子拉稀的糞便都帶著彷彿燒炙的稻草般的、天然的氣味。」大抵是身為一個母親的痴心吧。

屬於原始而天然的氣味，曾像光暈包覆每一對母子，似神眷顧，大約過了一歲多斷奶之後時，特殊的氣味漸漸從孩子身上消退，像是獨立盟約：從今而後，我要自己決定眼前的路，甚至是身體的味道。於是乎，母親們開始這一生注定失敗的賽跑，孩子興奮地跑在前，她在後頭追趕，多少次幸而在孩子衝向路衢前攔下他，上氣不接下氣。再下來，孩子就注定繼續跑向馬路的那一端，離開她的視線，到那裡的公園、學校、飲料店甚至是另一座城，複雜的氣味註記了他的新身分。現在，孩子不至於跑得太遠，他們還願意讓我牽著手，以眼耳鼻舌身去理解這座城。

城裡的公園是座美妙的氣味場，假日時分，我們最常待的地方。不像百貨公司和大賣場裡鮮亮而侷促的物品，一個挨著一個，簇擁出塑膠或清潔劑的人工味道，那些積木、玩偶和文具看來多麼精美，但總令我嘖嘖連連。於是我們去公園，依不同時節遞嬗，採集櫸木、台灣欒樹、樟樹、大葉欖仁的落葉，凝望枝頭竄出翠綠苗芽，即便只是安靜緩步於綠蔭下，都是多好的遊戲。女兒拾起幾片葉子，森林色調，中間卻像草間彌生的畫筆，迤邐斑斑點點赭紅，她仰頭問我：「媽媽，妳看，這是什麼呀？」

「這是樟樹。」

「好香。」女兒湊近葉片。

「想來摸一摸樹皮嗎？」

女兒點點頭，幼嫩的手在樹皮上遊走。

有回我和女兒在她的校園散步。一整排雨豆樹的落葉在陽光注目下隨風翻飛，好似金黃雨滴。邊散步邊踢滿地厚厚一層雨豆樹葉片，沙沙作響，視覺、聽覺和觸覺的滿足。風來了，追趕葉片，片片綠意向前奔跑。那一個小時，我們捧起大把大把葉片，灑向空中，看它們跳躍、飛揚又參差墜落，光這樣就心滿意足。

大自然永遠是最佳的遊戲場，Richard Louv在《失去山林的孩子》中寫道：「自然是帶有缺憾的完美，充滿了『活動零件』和各種可能，充滿了泥巴和灰塵、蕁麻和天空，超驗的時刻，和擦破皮的膝蓋。」

廚房是另一個充滿活動零件的遊戲場。

對我而言，做菜是整理奔騰續流的最佳時刻，已成慣習、不假思索的洗、切、炒作等流利動作中，卻讓渡一片思維穿梭的空間，讓我和自己獨處。暫時鬆一口氣的假日，宜樹下散步，捧落葉於掌心，亦宜居家料理，撫食材於指尖。倘若此刻陽光透過玻璃窗扇，以其琉璃色澤鋪展於流理檯之際，窗邊鎏以自然光線的菜蔬如同靜物，綠的更加天真，紅的更加無邪。灶神曰：下廚大吉。

假日宜梳理一週積累下來的情緒。

當高麗菜一葉葉被剝下，筊白筍的外皮也層層被剝除，陰鬱似乎一併消除，深度疲憊彷彿依附在紅蘿蔔外皮，隨著削去而漸次舒緩。這是整個下廚過程中我最喜歡的部分：削皮切菜，將洗淨的或去皮的菜蔬切成丁，碎成末，不同色澤和大小食材各放入不同容器，像梳理混亂的情緒，將之裂成小小分子，填裝進不同的感知系統。特別喜歡切青江菜頭，細切下來的內裡綻出玫瑰花瓣的肌理，療癒極品，凝視，捨不得丟棄。

現在，菜蔬全都赤裸了，遮蔽的全都獻出核心。此時食材最宜盛在乳白色淺碟裡，堆成小小垛兒，像藝術品般地曝在眼底，膠著或焦灼的一切似乎也該到了盡頭。那裡，有白雪般的初心。

以前覺得廚房是戰場，鋒利器械和大型鍋具隱含殺機，又油又熱的現場點燃體內熾烈火氣，揚出高分貝的咒罵，索性抽油煙機轟隆隆的獅子吼，大雄大力，奪走憤怒的聲線。漸漸地，我喜歡藉由假日烹飪，思考這週發生的事，切菜、分類、按食材特性依序下鍋，讓失序的諸種物事重返可被組織的過程，爾後凝視鍋中物的變幻：大的變小，淺的變深，硬的軟化，乾的濕透，尖銳逐漸圓融，稀薄終成濃稠，冰冷的就要沸騰。那些陽光鍍金下的蔬果靜物，各自以變幻後的色澤、體積和材質於爐火鍋鼎間相擁纏綿。啊究竟是烹飪之理還是婚姻之道？當盤內裝盛著元氣飽滿且熱氣蒸騰的飯麵時，生活中的低氧暫時解除。

如同落葉帶來驚奇，蔬果也如樂高積木，充滿多種可能，絕佳的玩具。姐弟倆還小時，每當我獨自顧姊姊，來不及哄弟弟而他大哭時，只要丟一包尚未剝殼除鬚的玉米筍，他就立刻安靜下來。看他專注地手眼併用，剝啊摳啊握啊拔的，薄外皮上的細緻紋理和流蘇一般的褐色毛鬚，依序拂過他的掌心，想必是歡悅的痲癢，有時為了去除黏在衣褲上的毛鬚而在地上滾爬時（烹飪課兼感統課程？）我又多爭取了足以幫姊姊吹乾頭髮的時間。

孩子長大，我們一起進廚房，姐弟倆輪流站上小板凳洗菜。無論是將金針菇剝成束、搓洗豐腴的木耳，還是滌淨黑葉白菜內的泥垢，都在水下、盆裡堆成有趣的題目，供我們反覆練習。再大一些，他們也想嘗試炒作，和我一樣，孩子們喜歡爆香菇、煎馬鈴薯片、烹煮咖哩，深奧的物理學。我們喜歡蕈菇在油鍋裡迸散的芳香，翻炒的芥蘭香划進鼻腔，橫切的馬鈴薯邊緣微焦，燒炙味佔據廚房。滋滋滋、啵啵啵的油聲伴奏挺好，嘩嘩嘩的水聲也動聽，在色香流瀉的烹飪場裡，他們觀察何時該放何種食材，何時大火何時又轉為文火（火候永遠是重點所在，哲理充滿，足以作為情感教育的延伸閱讀），何時添水又何時該靜靜等待時間收乾，蓋上鍋蓋的同時，從容洗淨方才承裝食材的容器、砧板和刀具，擦乾刀具，使其乾爽——據說這是日本寺院大寮收拾的重要程序，清潔後的刀具乾燥，是修行的一部分，也是美德訓練——如果順利，食材依序起鍋上桌，洗碗槽也已沒有堆積的空碗碟。我練了一段時間終能嫻熟處理，也將這一切教給孩子。

廚房充滿諸多不可名狀的美好：茴香餃子、麻油猴頭菇、清炒豆苗、黑糖地瓜湯，玫瑰鹽、橄欖油、亞麻籽油、芝麻、藜麥或者紅麴，光唸誦其名，有如捧讀詩集。爾後蔬菜與調味共舞出迷人香氣，不是一個概括模糊的氣味，而是由有名字、有姿態的蔬果及種籽貢獻其精華而成，氣味分子躍上了我們的掌紋、髮絲、衣裳，約莫也是多感共融的歡欣時刻。於是他們幾乎不曾浪費食物，尤其和我一起煮食之後。

即便邀孩子一同下廚所費時間較長，我仍喜歡讓他們參與，不僅是真實的感知全面體驗——較諸於標榜觸感、嗅覺的孩童玩具書，讓孩子從書上摸到毛、聞到檸檬、按下按鈕便有聲音傳來——更能讓他們了解從廚房到餐桌的歷程，甚至有幾回孩子從學校帶回他們自己種的地瓜葉、玉米，從撫觸、嗅聞（包含了整個土地的氣味，如此清甜）到咀嚼，最終成為身體的一部分。

有些辛香味在餐後仍頑固地留駐指尖，即使肥皂也無法驅散，反倒成為我和孩子的即興遊戲。兒子捧著我的手，湊近指尖，深深吸一口氣，大力嗅聞：「是什麼？」

「咖哩湯裡的一味，你猜。」

兒子偏頭想，亂猜一氣。

不是馬鈴薯，不是紅蘿蔔，也不是杏鮑菇噢。

剛煎完馬鈴薯片就去玩玩具車的他，沒有留意我和姊姊合煮咖哩的過程。

「給提示？」

「有人切了會流眼淚的。」

「這個人切了什麼，為什麼這麼傷心？」

「人哪，開心的時候也會流眼淚的。」我邊解釋邊燃了水沉，「就像媽媽開心、感動的時候也會哭，是嗎？」線香供上佛龕，雙手合十。隨即想了想，我似乎越扯越遠，給了無關緊要的提示？兒子繼續抓頭猜度，菩薩垂目淺笑。

現在，指尖除了縈繞不去的洋蔥味兒，又多了一帖安然的氣味。

之間

如果雨，如果風，如果日光明晰，我也待在家。進行另一種假日遊戲：整理與告別。

想到斷捨離，就不免想及堆積如山的什物，正以須彌山的體積與噸位中斷日常。清下去一天就沒了，假日如斯美好，適合郊遊踏青，買回可口誘人的紀念品，或去百貨公司逛逛，搬回週年慶滿千送百的好物。棄捨執念，精神相通於修行，看來不適合假日，比較適合清明：雨紛紛，青燈相伴，斂目於莊嚴大佛前，燒去所有物件，煉成舍利。

因此山下英子建議從小入手，不要一下子想清空整座房。對初學者而言，可從不拿免費贈品起步，然後從整理簡單的東西如錢包甚至電腦桌面（過去很喜歡什麼檔案全都先下載到桌面再說），漸次像桌面、衣櫃，進而是充滿情感記憶的抽屜，最終達致身邊圍繞的全是寶愛物品的理想空間。將情感之物放在最後，也是近藤麻理惠在《怦然心動的人生整理魔法》中的建議，清理什物已勞心傷神，尤其「像空的保特瓶不易回收消滅困難」之感情物件難度更高。

大概，我是需要空間才有餘裕思考的人，恐怕也是處女座的潔癖。書櫃、衣櫃、抽屜都習慣留一小格，方寸也好，放空的目光足以安棲，阿雜的魂魄得以超度。

回娘家小住，求學時代的信件講義小飾品仍躲在抽屜櫃子中，遂感舊日幽靈纏祟，胸悶心悸，後來每次回家必清理物件，從三小時仍無法對付一個抽屜——泛黃的昔日光澤猶存，我身處雜物圍繞之小丘，宛若跌坐於彼時歡快、哀愁的時光曠野——到可明快判斷留或不留，撕毀跡影疏淡的機票、車票、相片，過往風景如臨終人生回顧一幕幕放映，幾多貪愛幾滴眼淚是快速移動、後退的路樹房舍，我則是不斷向前再向前的高速列車，最暈眩又虛幻的時刻，看到執愛甚深的曾經終化為時間灰燼，如陽餤，如尋香城，愛別離的勞動，隱含珍惜的古老啟示。

某年年節期間，下定決心清理大學時代的文件。首先是寫給初戀男友的情書。彼時我們交往六年，愛寫的我從大一一路寫到碩士班，包含他去當兵時寫的書信，都收在三個厚厚的檔案匣中，應該是分手時他歸還我的。不同的信紙花樣、貼紙、塗鴉，記憶了時間多又愛作夢的少女時代，彷彿看見當年的我簡直以寫穿歲月的毅力埋頭猛寫，春花秋月怎能了？沒有莫名感傷和故作老成是否就是失格的中文系？（當時幼稚淺薄的我就是這麼想的）於是那些誇大的撕心裂肺，被我在信紙中反覆練習，華麗絕美的修辭亦要勤懇鍛鍊。那日隨意瀏覽，簡直就是情感命題的作文嘛，起承轉合，引經據典，嘖嘖嘖，讀沒幾行就吐舌翻眼，彷彿寫壞的驚悚小說，但這恐怕也是我寫作的母土。當時這堆陳言舊辭已非感情物件，輕鬆就能撕成雪片，女兒見狀，問我做什麼？我說：媽媽在處理過去。看我坐在紙片中，好似遊樂場所中的偽冰山雪地，才認得幾個字的女兒央求加入，隨我一同撕，最後裝滿兩個超大垃圾袋。理想的年節，永不嫌遲的大掃除。

隔天卻發生了一件事。

兒子方領到的壓歲錢不見了。他將嶄新的紙鈔全集中在一紙閃電麥坤的紅包袋裡，獨立宣言：媽媽我長大了，要練習自己保管，不讓我收。隔幾天回到台中，發現紅包袋不翼而飛，問他，他說：喔我記得……我記得……咦到底放在哪裡呢？啊我不記得了……哇……頓成淚人兒，再問不出個所以然。翻遍行李箱仍無所獲，去電請母親協助尋找，但母親去拜訪朋友了，只有父親在家。父親找遍了臥房的抽屜、床底、桌底和所有兒子可能窩藏的角落，問：「會當成垃圾處理掉否？」啊垃圾是嗎？很像他的性格，好在年節沒收垃圾，我暗暗叫太好了，回說：「廁所門口有兩大袋垃圾，你幫我翻翻看。」掛上電話才猛然想起，那裡頭不是塞滿了撕毀的情書碎片？結果父親得被迫去泛黃的情感被棄物之間掏抓，辨識閃電麥坤的淘氣身影。父女倆應都無言以對。只能裝沒事。半小時後父親回電：沒找到。

最難的還是書的捨離，即便訂下「這本書再翻閱的機率若不大」等原則，面對某些書總不免自我說服：「這很適合在旅途上重讀喔」、「這本這麼薄其實也不佔空間」、「這本已經絕版了」、「這本適合在旅館邊翹著腿邊喝雪碧吃洋芋片邊看」……經過幾次搬家，書漸能順利脫手，除了師友相贈、自己寶愛的書籍安放於櫃上，不少書或賣或轉送，送書去旅行，結識更多年輕與蒼老的目光。

影集中，當麻理惠邀請屋主將衣服從各處取出，堆高，屋主（尤其是女人）總露出不可置信或為難神色。不意外地，衣服終成山丘，無處可躲的失控慾望就具現於可觀的衣冠塚上。「我的天！」其中一集的女主角面對鏡頭：「我覺得好丟臉」。同樣地，麻理惠也建議屋主將家中各處的書成群堆放，一一喚醒文字。我喜歡這般野性呼喚，寄居於書中的精靈或魂魄，隨著陷入沉睡的字句，一同睡掉了好多年歲。嘿，醒來囉，別睡了。物事皆有靈，我是這麼想的。

房子更是如此。

我偏愛麻理惠開始帶著一家人清整之前，會審慎挑一潔淨處，跪下來，閉上眼，虔誠和房子溝通。靜止片刻。我往往就像那些屋主，內心湧動著繽紛的溫暖洋流，淚在眼眶打轉。原來我擁有一間如此美好的房，我的家，多年來無聲接納我的所有：無論是夠格寫進履歷的成長條目，還是多想消抹但始終提不起氣力整頓；最終只能以灰撲撲的、不可名狀的雜物形式，四處囤、塞、捲、積、堆於這裡那裡，蒙塵的角落生物。它們標配著曾有的榮光勳章和真愛披風，卻以墓碑形式活過被遺忘的每一天，不見光，也不曾真正死去。如果有靈，它們開口的第一句話是什麼？會像堆成一直線的角落生物們說：「這裡讓人好安心」嗎？

因此陪孩子們看《玩具總動員》系列電影時，哭得最慘的常是我：布偶、機器人、牛仔公仔的所有冒險，全都回到故事核心：小主人為何不愛我了？我該如何回到那個家？回到他的掌心和擁抱中？

房子，家屋，沉默收納了諸多歷史的角落生物，無怨無悔。在整理術的系列影集中，多數屋主因忙亂而無法、無力面對滾雪球般的舊物，只能任憑雜物紙箱垃圾袋積存，最終佔據屋舍最佳所在，獨享房間的最好陽光，塵埃翻飛，最後反倒是屋主只能在雜物的縫隙間起居。

於是，每隔一段時間，我和孩子會一起檢視那些物件和珍藏，美好的（即便磨損、泛黃、綻裂的種種仍舊為我們所寶愛）、實用的繼續存留，種種無法和我們繼續下一段旅程的就逐一告別，回收、贈人或丟棄。別忘了那一句：謝謝你。如此方得順利告別。每個即將離開手離開家的物件，皆以不同的形式鎔鑄成過去，像印記，如默契，靜靜流動於我的時光之河。假日整理如新陳代謝，有助於我更謹慎抉擇進入家的事物，提防諸多廉價的賣場物事毀了一切。

正因念舊，更不願隨意買然後轉瞬丟棄。

我與物件的距離，約莫也是自身與世界的關係吧，而人際關係之分寸拿捏，或許也是我們和物（悟？）之間的關係。看過一些愛的形式，令人窒息的距離，你的就是我的，你家就是我家，模糊分際最後竟成控訴與控制。若我不如是愛，就意味著不愛，更該被控訴和控制，沒有其他可能，沒有之間：兩造之間，有間隔，有空間，不緊不疏，不濃不淡，擁有呼吸和伸展的餘裕。和孩子之間，物事之間，剛剛好的距離，得以容納情緒膨脹、變異起來的體積，也恰好放得下令人舒服的尊重和自律。

如果風，如果雨，如果日光清晰，還有，如果疫情。我和孩子在敞亮的家，圍繞我們的是習用而熟稔的素樸。還有什麼小物可告別？什麼情感紀念物可放在書櫃正中央？奢侈給它充裕的一整格，完整的空間，專注的目光是最好的聚光燈，如斯美好值得所有注意力。那是一張照片，一張孩子的畫，一本泛黃的書，一張無法丟棄的ＣＤ，一只幾次都捨不下也回收不了的茶葉罐。如果燦爛如金的記憶不能捨，更不該將它擠入紙箱、塞入抽屜，眼不見為淨？

等待送出的書總有值得誦讀的字句，讀出一行，兩行，一段，兩段，然後又更捨不下了。先放回去，再說其實不急。但總有可告別的物事，打開舊稿，刪幾個贅字也好。還有那件上衣是再也穿不下了，孩子長大，我變老，就跟那些抽屜裡的靜物們道別吧。

假日整理術讓我們輕盈幾許，風與時間穿行過空了方寸的抽屜，爾後載著我們，繼續前行。

顫慄遊戲

有段時間，發現很難專注寫字。一開始寫，就會出現耳鳴，嗡嗡嗡，如飛蠅旋繞耳畔。

後來發現，那來自於讀者的聲音。

不是一般的讀者，部分教導寫作的指南書會貼心提醒：寫作時，不需考慮讀者，因為讀者並不一定知道自己要什麼，通常是看到作品才會確知：「對對對這就是我要的」。反之亦然，拒斥感也產生於接觸到成品的瞬間。作者補充：通常有些主管也是這樣。

該不該考慮複數的讀者們？該不該為受眾著想？寫作時該不該思索這些問

題？部分創意寫作的大師建議：先寫再說，可能根本沒有所謂的讀者（們）。

寫作是不是個人的私房練習？在綿長的記憶公路上漫遊與徜徉，感受雨季、涼風與燠熱？無論身處何處，寫作是不是任由修辭於舌尖上體操的過程？於是寫作可以是信仰，是療程，是遊戲。曾有段時間，寫散文好似閉關，從喧囂紛亂的日常洪流中開啟一扇暗門，側身躲進去，與飛舞如塵的心續與思緒共處，專注翻開過去的每一頁：情緒史因寬容的目光，或理解的淚水，從字裡行間重新長出光芒的修辭。提取記憶，提煉純粹的過程。那樣的空間適合獨處，容不下讀者，應該說，那裡早就擁擠不堪，宛若產房，無數個「我」及其衍生物不斷出生，時間友善滌淨每一吋沾裹血與黏液的皮膚，文字接妥如白淨毛巾，好多個「我」在故事中啼泣、沉睡，睡到發皺發黑發臭，睡到昏死過去。

沒有讀者（們）的寫作空間。

我和無數個「我」專注又忘情地暢談與爭辯，百種細微聲響交錯，形成一朵覆蓋萬物卻又隔絕彼世的飛氈，敘事雲。

直到後來發生了一些事。

親族中的姑嬸婆之輩，安妮。「安妮」不是他的英文名字，而是他的第一句話通常是「啊你」，姑且稱之安妮，以利敘事進行。安妮始終默默關注我寫的任何篇章。說默默不太精準，無論是出版新書，還是刊載在報上的文章，他只要讀到就會跟我的父母反應，或輾轉讓我知道「我有讀妳寫的東西喔。」有時難得見到他，會給一些我轉身後立即忘記的評價，也可能因為有點像作文班老師漫不經心的套裝式評語，不容易上心，總之，對於這件事我原本不太在意。

直到有天，母親說：「欸，安妮說妳現在還夢到前任情人，妳都已經結婚還夢到，這樣好像很……」話語未落，母親就下樓去收衣服了，應該是瞥見窗外的天空變成詭異的灰紫，驟雨的前兆。行動派的母親喜歡邊上下樓邊講話，然透天厝有很多階梯，她的第一句通常很宏亮，音階隨著句子與樓梯增加而逐漸轉弱，被無數級階梯給消了音。尤其每到關鍵處，那些聲音就被稀釋得愈來愈薄，不過我的好奇和困惑才開始濃密起來。

沒完成的句子是等待填上意義的空格，我像小學生思忖著方格內的詞：很怎麼樣？回頭去看自己寫的文章，就是夢到前任情人而已，重點不是前任情人，而是我那篇文章後想說的事，和前任根本無關，那只是個開頭，說到底那只是個夢啊（還有，到底是哪位前任，我根本想不起來）。我想如此任性回覆，但後來有很長一段時間沒碰到長輩安妮，即使碰面且突然想起此事，但到底要怎麼解釋或根本怎麼起頭都顯得怪異，所以被我轉瞬忘記。

有次我用輕鬆玩笑的語氣跟丈夫提到這件事，結果他抬眼看我，沉思了一下說：可能對方在幫妳解夢吧，也就是說從夢的解析的角度來看，其實這件事情可能反應了妳的潛意識。

什麼意思？

大抵就是說，妳越渴求或越恐懼的事，雖然可以在現實中很順利地被壓下來，但會頻現於夢中，無法全面防堵。

是這樣的嗎？

可能是這樣的。妳覺得呢？

我不知道。

但這件事情確實鑄成潛意識的一部分。接下來所寫的文章裡，不能也不再有前任情人這幾個字。應該說，只要腦海飛掠這幾個字，一定伴隨耳鳴。警鈴大作。干擾，噪音，嗡嗡嗡。

某次安妮又出現，他慈眉善目問母親，妳女兒童年到底經歷過什麼創傷？窗桑？什麼「窗桑」？復古又新潮的說法。等終於搞懂了這兩個詞，喔喔喔「創傷」，是「創傷」。問題又來了，創傷？什麼創傷？此類非日常又不顯見的詞彙突梯地從柴米油鹽醬醋茶跳出來，分類困難，理解不易。母親又愣住了，不知如何回答。對方立刻寬容地解釋，啊妳女兒在書裡有說的。母親現在真的像臨時被抽到要上台背誦古詩的中學生，但儘管颼颼颼地快速搜尋有限的記憶，她想不起來所謂的正解是什麼。事實上母親根本不看我的書。

雖然到目前為止才出幾本小書，但每次我都說唉呀妳別看，我隨便亂寫。她也很有默契地回說，欸欸欸寫那麼多字我也看不下去。那很好，別看吧。那個胡椒鹽給我一下。但桂姨說妳出書要買十本送朋友。妳把火轉小一點，不然燒焦。有啦我轉小火了。十本是嗎？對啊，記得打個折喔，上次送妳的碗公找不到。我冰在冰箱裡了，還要打折喔。碗公幹嘛冰冰箱？對啊桂姨朋友都說妳寫得好看不知道真的假的。就隨便亂寫哪裡好看，昨天咖哩沒吃完就放碗公冰冰箱啦。不要吃隔夜的東西跟妳說過好多次了，煮就盡量吃完，記得幫我買然後便宜一點我會先給妳錢。

廚房擠，油鍋燙，抽風機很吵，從水龍頭流出來的水聲嘩嘩。開冰箱關冰箱，碰碰碰。很奇妙地，喧譁且熱燙的物事有時卻能營造適合對話的氛圍，沒說完的話不用費力接下去，抽風機會代替填綴斷句，不經意爆出的惡口無人反擊，大抵是油鍋嗶剝嗶剝覆蓋一切。說出來而想毀壞的所有字句，很快就被抽風機抽掉，或被應該要轉小火、找菜刀還是回想「我剛剛到底放鹽巴了沒？」幾件事所打斷。多年來母女磨合所達致的溝通術。不像安妮，總單刀直入問，母親無法接招，對方隨即親熟地解釋：啊妳女兒說小時候玩具沒收好作業沒寫完，半夜被父親叫起來吼，要她把那些東西全部丟入垃圾袋，這些事情啊妳知曉否？啊妳不知道？她有寫在書裡嘿。人家說這就是童年創傷，啊妳別小看這些，啊妳知道這些都要處理不然會很嚴重吼。妳是不是想我怎麼知道這麼多其實我也很喜歡閱讀的吼。她現在也是媽媽了妳也知道吼。最後不忘補上，啊妳女兒好有才華，寫好多字吼。上次啊妳不是還分享她去領什麼獎的照片，真的好厲害。

大約半年，複數的安妮們會暫離他們的手機和電視機，走出堆滿雜物的幽暗斗室，來到母親或其他人身邊，分批運送累積多時的誤讀心得，標題驚悚和圖文不符的亂真／針刺繡，恐怖的瑰麗流瀉唇邊，壯闊的大河小說。此時最好保持沉默，如果因為太驚訝安妮的過度詮釋和想像力，而不小心說出「呃你會不會想太多……」的句子，他會搶著接下去：「啊妳也這麼說吼，我覺得我的想像力真的很豐富應該去寫什麼小說吼……」當他心滿意足離開，我都會生氣困惑但又沒膽地去翻我寫過的文章。被迫重讀一次，倒抽一口氣：不是這樣的吧，那不是重點啊。明明就只是幾個字，不是該輕易滑過嗎？但最終這不過是徒然的吶喊，只能在內心反覆迴盪，生出一個又一個問號。另一個聲音，中性，理智，權威：你怎能要求讀者怎麼讀？你也是讀者，你又真正讀懂別人的心裡話了？嚴謹的聲音匯聚成強勁的浪，將姑嬸婆之音和泥帶沙地沖到遙遠邊際，連帶關於什麼典型作者、真實作者、理想讀者之類的詞條都被捲到遠方的遠方，自此姑嬸婆之屬也會從此消失一段時間，回到她們想像力噴發的編輯室，將《後真相時代》作者海特．麥當納所謂的故事三要素攤放於桌面：觸發點、因果關係、轉變的過程，孜孜矻矻從諸多線索中配對因果，夢的解析，國族陰謀，日常中的不尋常，屋簷下的暗面與衝突，表情眼神動作都有戲，魔鬼藏在細節裡。費心研發另一個有潛力的爆點。

好吧。童年創傷。

又一個字被畫掉。我不想再造成母親的麻煩和困擾。母親必須是善女人（嗎？）人不能有童年創傷（嗎？）寫的內容必須全是心靈雞湯（嗎？）

雙手放在鍵盤上，不再是我與我辯證的過程，腦海尖銳噪音徹響。我感覺手指微微發抖，全身發顫。

不禁跟丈夫抱怨。

他摸出手機，按下停止播放鍵。在家的大部分時間，他習慣配戴藍芽耳機，線上收聽大師們的理財觀和生活觀。他邊將已滿脹的垃圾袋綁妥，邊聽我的垃圾話，然後以沉穩的嗓音緩緩說：其實她說的也沒錯。（他拿出塑膠袋，好像是某個包子店的袋子，套上垃圾桶）例如妳的潔癖好了，妳對某些東西的排拒，可能真的來自於妳的童年創傷。（我看著垃圾袋上透出來的字，但從裡頭看全都是反的，一堆被擠歪的字）妳不是有意識的，但妳真正想說的話就透過文字被講出來了。妳知道的，潛意識，冰山之下的百分之八十。不可見的種種。妳知道的。還有其實我也發現妳有金錢、經濟上的恐懼，像是……像我剛剛學到的內容，大師說……

他／大師沒說完，我就訕訕離開。

他又摸出手機，按下播放鍵。

越來越多關鍵詞被畫掉，淤塞在垃圾桶中。當這些字躍上意識的前一瞬，我主動掐死它們，讓沒有形狀的它們流進虛空，僅能在想像之海沉浮。我認真思索：這些會為我父母親帶來困擾嗎？我可以這樣寫嗎？這樣寫會傷害他們嗎？複數的安妮們下次又會拿什麼關鍵詞來質問？哪一個詞會被無限放大成幾乎沒有解析度可言的模糊影像？想得愈多，愈無法下筆。無法寫的時刻，我暗暗想：真的被安妮說對了一半，他竟成為我新的「窗桑」，中年創傷。

某次邀來課堂演講的作家分享了他的家族寫作，我私下悄悄問，你寫父母或身邊的人，有遇到什麼困擾嗎？你會覺得需要考慮到他們嗎？有因此被誰說過什麼嗎？他愣了一下，大概我的問題也歪樓，因此搔頭說：倒沒想過這個問題，不過還好他們都不讀。一位寫作朋友，姑且也稱安妮好了，比較方便，沒什麼意思，真的。安妮，千萬別當一回事。

安妮說有次過年，舅舅還是叔叔之屬，因為他堅決不婚的事情開了個小玩笑，他覺得有趣也隨意陪笑了一下，結果旁邊親戚笑說：小心人家把你寫進書裡。還有一次他和家人起衝突，兩造皆情緒激動，對方突然拿出手機狀似錄音，說，你是不是要把我寫進去啊？你寫啊？不是愛寫嗎？要不來蒐證啊啊啊？

不是愛寫嗎？要不來蒐證？小心人家把你寫進書裡。

更多文字被刪掉。

但也因為如此，很多事漸漸浮現，以過去從未有的姿態衝擊認知的邊界。

其中一件事是評審文學獎。究竟為什麼過去可說某篇文章寫得太朦朧，過於模糊，事件不清晰？斷片，碎片，拼貼。朦朧的事件躲在繁複修辭背後。會不會那樣的描摹已是作者安全感的邊界了？是他可以揭露和承受的程度？部分的遮掩不見光，不是敘事技巧出了問題，恐怕是為了更誠實直面自我而字斟句酌，反覆琢磨，詩化的布幕垂下，聚光燈打在裸露的記憶荒原，每個字的誕生也許是作者自我說服、辯證和搏鬥的產物吧，他們的字紙簍中是不是有無數寫下又畫掉、再寫又刪除的字句屍骸？而我，作為一位讀者，是否能更謙卑地閱讀這些模糊血跡？當我專注地走入這片字海，有時會產生奇妙幻覺，那些乍看之下模糊的聲音，因虔誠目光而漸漸清晰起來，每個字都變得莊嚴，斷片自動連接，補上更多細節，足以描摹普世情感，即便事件不同，情感彷彿能依稀掌握。後知後覺的我好像才開始懂作者（可能）要表達的是什麼了。

另一件事也和身為讀者有關，我重翻那些過去讀了沒幾頁就凍在書櫃底層讓它自動長斑的書，且很多是所謂的經典名著。年輕時覺得喔寫這麼多這麼長好難懂的作品，現在隨手一讀立刻正襟危坐，捧讀起來。那些過去別人提起（通常會用「重讀」來形容）的經典，事實上我連那冊書丟哪裡都不知曉，有沒有讀超過十行都不可知，當書名出現在閱讀書單，且學生讀完寫完心得，還可以給出涼涼糊糊的回饋。心虛異常。後來耐下心讀，發現簡直無法收回目光。說到底我也一直是帶著強烈的好惡去讀，誤讀也畫錯重點的讀者嘛。

安妮讓我認識了自己？這麼說好矯情，但我不禁認真思索了起來。說到底，那個過去自以為寫作是自由遊戲的「我」，挺立在散文中無數個「我」，其實不過也是由誤讀疊加起來，不過是安妮的延伸，安妮的化身。

在往事如海嘯倒灌的時光裡，我想起更多安妮。

很多人叫安妮，安妮的日記成為歷史見證，安妮的綠色小屋成為眾讀者朝聖地，不只是人，救人無數的CPR人偶也是安妮。但我更常想起的是毀滅的安妮，電影《戰慄遊戲》（Misery）裡的安妮。從史蒂芬金意念中脫胎而出的安妮，導演喜歡給她一個從下往上的仰望視角，強化眼神中的冷漠，夜晚幽光打在寬大的臉膛，一半光亮一半陰影（有光的地方必伴隨陰影？）半張臉的殺機，多麼適合像她這樣一個恐怖讀者。頭號書迷安妮，不滿小說家保羅將主角雀兒喜判死，決定好好教訓小說家，一九八七年的她對準保羅腳掌揮榔頭的畫面砍進我的十歲，不該給兒童看的戰慄童話，將喜愛閱讀的我啃出斑斑血跡，鬼影幢幢（~~童年創傷~~？還是**童年創傷**？刪除還是加**粗體**？消抹還是強調？）如果寫成小說，安妮是否會用那雙鄙夷的眼神宣布：妳的童年就在十歲那年，給安妮終結掉了。

安妮可能是史上最有行動力的恐怖讀者，相較於此，從閒暇過剩和雜物暗室湧出的複數安妮們，不過動動唇舌讓他人攪攪煩惱，再怎麼說都溫和太多了。

一個母親的誤讀

在書中尋找小男孩，小女孩。

號稱童年書寫的暢銷作品《蘿西與蘋果酒》，裡頭那雙幼年目光所映現之處，折射了甜蜜又驚人的幻彩，而那套我始終沒讀完的《追憶似水年華》裡，則有個睡前不斷搬演著內心小劇場的男孩，無論是家具、壁板紋理，他都能以卓越的想像勾勒出百千種細節，當我置身於他深細演繹出的空間感、時間感、對光線和濕度的諸種敏銳，咀嚼著因翻譯而帶來語境陌生化的異國音韻，覺得一切像剛切下來的檸檬片般新鮮多汁，雖然青春正盛，卻覺童年未遠；但不知為何年輕時的我始終還沒跨越第一卷的「去斯萬家那邊」，以致於記憶中那個孩童仍在斯萬家那邊鬼打牆出不來。

彼時我出了兩本散文集，也開始接受學校或藝文單位的邀約，對更年輕的學子們談寫作，寫得不多，但由於嗜讀的緣故，將經典大師的記憶和技藝，紋在身上臉上舌上，學習那樣的聲口腔調，訴說如何用孩童的目光寫個人生命故事，以這些那些技法，召喚還很嫩很淺的仿追憶似水年華。翻出過往文藝營的講題，甚至我還講了一個「詩人．病人．孩童」這樣的題目，除了使用上述兩本經典之外，還摘引了《溪畔天問》、《馬可瓦多》、《柏林童年》中的文句。

《溪畔天問》令我著迷（至今仍是）處之一是作者安妮（Annie Dillard）六、七歲時，常將一枚一分錢到處藏，如人行道上的小洞、桐葉楓根部，而後在附近地面畫上箭頭，箭頭上標記：前有驚喜，接著小安妮就想像那個幸運兒發現一分錢的興奮表情。作者以此為例，延伸到「這世界裝飾得很美麗，到處散落著一位出手大方的人撒的一分錢」之寓意，說明仔細觀看的重要性。

《馬可瓦多》裡有愛發問的、用彈弓把霓虹招牌打滅的孩子；愛收集小東西和藏書的班雅明根本就是個孩子，打開《單行道》和《柏林童年》，就有無數個小孩及其鈴鐺般的笑語一湧而出，同樣散落的還有裡頭的微物收藏：郵票、模型紙板、玻璃球、鐘錶。評論班雅明時，蘇珊桑塔格彷彿母性湧出地指認了土星憂鬱的班雅明的內在小孩：「熱愛小的東西是孩子的情感」，而我讀到病中的小班雅明寫下「我只是喜歡遠遠地看著我所關心的一切來臨，就像時光慢慢靠近我的病床」這類句子，還未當母親的我也被逗引出一陣激烈的母性，只能默默將這些發光文句抄寫下來。

噢，可愛的孩子們（有一股想要去捏他們白胖胖的小臉的衝動）。

這都是還沒當母親時候的讀法。

當了母親之後，即使偶爾翻看少女時代的書，感受已大大不同，讀來有感且畫線標記的段落，完全是以前不曾注意到的。

初讀班雅明的《柏林童年》約莫是二〇〇四年，當時我已經去了一趟印度，在加爾各答的慈善機構，曾抹去沿著幾個孩童下顎低落的咖哩醬汁，面對他們的缺陷與被棄，我曾下定決心與其再製造出新生命，今生寧可奉獻給更多無家、苦難的孩童。

六年後，卻莫名披上白紗，直到那刻仍堅持不要生孩子，不要肚皮膨脹起來、乳房分泌乳汁，成天穿著寬鬆連身運動服，黃著臉在社區附近公園憂鬱地推著嬰兒車——看來這也是我對母親的刻板印象。再次翻閱這本書，是婚後四年的苦楝開花時節，我不但已經歷了兩次哺乳、黃臉、哭泣、無眠與大吼大叫的日子，幾乎忘了曾多麼喜愛迷失在班雅明土星般的優雅與憂鬱中。

班雅明以為製造出符合兒童口味的書籍或玩具，是教育家的陳腐空想，因為現實生活中有太多吸引他們的、實實在在的玩具，他在〈建築工地〉這麼寫：「他們感到自己不可抗拒地被建築工地、整理花園和家務勞動、做縫紉或者幹木工活時產生的垃圾所吸引。」我也曾不可抗拒地被這群著迷於垃圾的孩子所吸引，然後班雅明這個大／小男孩繼續吐出迷人的結論：「在那些廢品中，他們認出了物質世界恰好並僅僅轉向他們的面孔」。

反覆歌詠這句話的青春午後，沒想過十幾年後的自己，確切的置身於廢品現場（就是我家）：過期的發票、回收的傳單和繳款證明被珍藏，但藏的技巧不高明，因此從櫥櫃到拖鞋都可見其蹤。確實，那些我想淘汰、回收的廢品，孩子視為至寶，他們撿來重新拼湊剪貼，為死去形式注入鮮活靈魂，成了絕佳的遊戲，我說：這是垃圾，他們從我手中奪回，大聲抗議：這是小貓、雲朵、房子和星星，於是家中的櫃子塞滿了這些那些還魂的物事，保特瓶空罐可用來當花器，紙箱裁剪成細條狀，插在地板巧拼的縫隙間，彷彿裝置藝術。還有一個足以塞下五、六人的超大紙箱，他們橫放又豎放，成了帳篷、城堡和屏風，還觀察家具高低差，搭成室內溜滑梯，閒來無事還可盡情在上面塗鴉，一個紙箱玩了一年還不讓我丟，未免太經濟實惠。

將班雅明的廢品藝術發揮到極致的，約莫是兩歲大的孩子，每天從學校回家，打開門，大部分的物件都不在它原有的位置，彷彿經歷了物件大風吹，書籍如紛紛落葉墜在地上，鍋鏟在床上，曬好的床單則披掛在孩子身上，陽光般的笑意則在他們臉上，那張無辜的、與物質世界直面的純真臉上。

愈是要丟的東西愈被他們看上，但最令我害怕的是，除了收藏被成人視為無用之物的廢品，更麻煩的是他們有讓物件變成廢品的本事：電腦鍵盤被暴力拔掉數顆（原來這種東西是可以被拆掉的啊），蠟筆霸氣的舞上書中文句，孩子氣的品評；木質浴桶成了他們的戰車，意外倒下遂迸綻裂痕，還有還有，鍋鏟放在積木旁邊，撿回來的掌葉蘋婆果實，則神秘地與《憂鬱的熱帶》同類，任由李維史托憂鬱地凝視一枚枚心型硬殼，彷彿那是古老部落的異族頭顱。這令我想到朋友陳所描述的：要煮飯時掀開電鍋鍋蓋，發現裡頭正安置著一隻泰迪熊，實在很龐畢度。

說來他們創意十足，可惜他們的母親無法平靜欣賞。

至於黏在身上的麵條、飯粒和餅乾屑，則像花粉被帶往家中每個神秘角落，用來養息蟑螂螞蟻及其家族。孩子以他們的方式詮釋了班雅明所謂的「用自己在遊戲中製造出來的東西，將那些種類很不相同的材料放進一種新的、變化不定的相互關係之中。」每樣物件的內涵和界線，孩子將之打破、重新攪拌，創造出屬於他們美感經驗的變體。只不過曾有段時間，太過疲倦的我很難好整以暇欣賞他們的創意，即興且富節奏感、飽和度的靈光。

當作家對孩子的浪漫嚮往與天真歌詠變成了實在的日常；象徵性的抽象情感落入了柴米油鹽，處處得關顧現實的母親們過於小心翼翼又神經緊繃，畫錯重點，迷路般的誤讀？

以前多麼喜歡馬奎斯的〈流光似水〉，小說中的爸爸隨口亂扯「光就像水，一打開水龍頭就有」，孩子就真的打破了家中所有燈泡，從中淌出大量的水，讓所有家具漂浮起來，他們和前來參加派對的三十七個同學玩得太過癮，以至於公寓氾濫，全部孩子溺斃。孩子躍動的神思，對比於成人的假面，恐怖的魔幻意在挑戰所有堅固頑強的成人執念，讓體重上升而想像力下降的成人們，尚擁有漂浮的可能。

但我讀〈流光似水〉給孩子聽時，發現自己跳過了諸多細節，將成人說得不那麼功利，將孩子的勇敢稍加稀釋，變造了最後整班同學被光海溺死的結局——台灣麥克出版的大師名作繪本系列中，《流光似水》的結局也刪去了孩子溺死的段落——是成人對危險下意識的逃避？成人對孩童潛力本能性的畏懼？還是出自於一位母親的過度詮釋與刻意誤讀？

不過我倒享受兒子睡前的撒嬌，看來這是不少作家童年最溫柔的記憶吧，普魯斯特在《追憶似水年華》一開始就描繪了母親的睡前之吻：「像祝禱和平的聖餐上的聖體餅那樣」，吸吮母親的唇給他入睡的力量；洛里．李則於《蘿西與蘋果酒》中，將與母親相依偎的睡眠寫得詩意又纏綿：「我滾到她（母親）睡夢殘留的山谷裡，深深地躺在那薰衣草的氣息裡，我將臉深深地埋進去，重新睡去，睡在她讓我據為己有的窩巢中。」啊，母親。睡在母親旁邊是多麼難以忘懷的經驗，母親的頭髮、氣息、皮膚彷彿地毯那樣鋪展開來，是小男孩安全感的溫床，取代了所有骯髒破損但永恆不捨的小被被。

黑夜來臨，幼齡的兒女依傍著我睡，扯著我的衣角、反覆撫摸我的手肘紋路（兒子說：這是果凍）。閉上眼，環抱彼此，呼吸著對方身體髮膚上的肥皂氣味，一同滾入睡眠山丘，如肥沃土壤黑甜，養出一朵一朵夢境。母親真是敘事的溫床。於是我想，這也許是小普魯斯特、小洛里．李及無數個作家童年的睡前儀式吧，他們正以那張渴望母親的孩童臉孔，轉向我，穿越時光凝視我。

在書中尋找小男孩，以及他們的母親。

《閣樓上的瘋婦》收集了在文學史中徘徊不散的女人，母親，瘋婦。這些關鍵詞令我反覆揣想，曾經也是文藝少女或花漾小姐的她們，是因為瘋狂的基因始終隱伏於血液，還是當了母親才瘋掉的？歇斯底里，靈魂壞掉，言語歪斜，目光是焰火又是寒冰，行經眾人譴責和鄙視的目光，走在自我意識朦朧和清醒的邊界。

《漫天飛蛾如雪》裡也有一位這樣的母親。這本書主要談生態和自然，書名透露著作者麥可・麥卡錫（Michael McCarthy）過去曾經歷的某種現象——或許是年逾五、六十歲以上的英國人共有的普遍經驗——悶熱夏夜，驅車高速馳騁鄉郊，往擋風玻璃撲撞而來的是數量龐大的飛蛾，密密麻麻鋪展成一片，甚至連路都快看不見，此時駕駛得下車清理擋風玻璃，這個充分展現了英國生態多樣性的現象之一，不到一世紀居然消失不見。緊接著飛蛾的大量消失，麥可發現野花、蝴蝶、倫敦麻雀的數量也驚人驟減，「這一個完全被忽視的無脊椎動物災難，正是其他無數類似事件的基礎」，藉由個人經驗、科學報告和知識論述，知感交融詮說了生態的劇烈變化，指向人類的無知，正逐步邁向自毀之途。

麥可詩意的描述令我不忍快速翻掠，我緩慢賞讀他文字背後的色澤與景物，不過這本書吸引我重讀的反倒是他與母親的關係。在展開優美又宏大的生態觀察之前，此書先從他七歲前的童年經驗說起：他的父親是郵輪上的無線電通訊員，長時間不在家，獨自撫育麥可和哥哥約翰的母親諾拉則開始精神異常，行為愈發古怪，後來被送進精神病院，醫生以當時流行的電痙攣療法治療，過了一段時間，母親才逐漸康復。幾個月後諾拉返家，仍無法照顧兩個孩子，因此她的姊姊瑪莉和丈夫住了進來，彼此關係更加緊張。

據麥可形容，諾拉曾在他七歲、九歲和十一歲，經歷三次足以摧毀家的精神崩潰，這對早已飽受折磨的哥哥約翰而言，更是深重打擊，後來演變成歇斯底里，不時上街尖叫，成為鄉里間的笑話。麥可曾以母親和哥哥這「瘋子二人組」為恥，將心神悉數投入大白然的懷抱，無論是蝴蝶璀璨寶石般的雙翅，還是各色鳥類的鳴叫，替麥可開了人門。在家四分五裂之際，大自然的豐足成為小麥可的目光所棲、情感所依，他說鳥、蝶與昆蟲填補了內心空缺，「透過這扇奇特的窗，進入了那時穿著短褲、瘦弱的我的靈魂」。

當我為了寫書評而初讀此書時，並沒有特別留意麥可和母親的關係，不僅描述家庭的篇幅少，也因其筆下的鳥獸蟲魚、草木花卉太過鮮亮，如同麥可以「像是替貓咪順毛」的目光，撫過蝴蝶的斑斕花紋，我也專注巡禮他飽和度高、解析度高的生態世界，臣服於他從個人經驗和知識論述中取得平衡的觀點，因此他與母親的關係像遙遠模糊的背景音，即使忽略也不影響理解，但後來因我遭遇到某些問題而沮喪時——諾拉崩潰的時候會將熱茶憤擲到牆上——淚眼朦朧或渙散目光之際，薄薄擱淺進來的正是這本書。

一一介紹大自然之美及人類慾望的威脅後，麥可還是得回過頭來正視他的童年，尤其是與母親的關係。他描述精神崩潰的母親，卻始終以智慧、誠實和過分的善良對待身邊的人，他讚嘆母親，也與母親成為無話不談的好友，母親對他全然的接納就是最好的教育，他深愛並感激母親。不過當母親過世，他卻發現情感被抽空，完全無法掉下一滴淚，空殼般地活了七年，透過專業諮商師的幫助，經歷三年的探索和挖掘，他才發現隱藏在愛的背面，其實是濃烈的恨意：他恨母親，恨她當年的不告而別，為了抵抗分離的痛苦，小男孩的他以十足的冷漠抵禦，而成人的他面對母親的死亡，再次啟動了偽裝的保護機制。

察覺到洶湧的情感暗潮，麥可發現內心淤塞漸漸流動，加上記憶的重新核對，麥可看見小男孩忽略的視野，原來母親從沒有不告而別，而是看他沉睡，不忍喚醒他。承認這些駁雜的情緒史反而將他推向母親的墓前，痛切哭一場。自我修復的真實之旅，這是我重讀最震撼的段落。小男孩即使長成大人，成為父親，內心還是永遠渴求著母親的認同與接納吧，他與妻兒的關係也都得回到母親身上。

我所認識的成年男子裡，有至今仍被母親羞辱、否定、高標要求的情狀，甚至已無意識在親友面前訕笑自己的兒子，即使他已是父親，也不自覺在他的孩子面前嘲諷父親，例如丹尼。成長過程中的丹尼不斷與高壓教育的母親唱反調，某次心靈課程中，透過連續幾個問題的挖掘，他才知道原來所做的一切都只想向控制狂母親證明：「妳看，透過我的方式，我也可以做到。」拉鋸從童年一路延續到成年，丹尼始終盼不到母親的接納與讚賞。但從旁人的眼光來看，丹尼對妻兒的高標要求也有跡可循：凡買了食物先看成分標示，凡意見相左必是自己無誤；凡犯錯哭泣必然是弱者的表現，自己恆常是勝利正義真理的一方，成年丹尼想抵抗小男孩丹尼所承受的諸種威權形式，並亟欲與母親的慣習切割，但成年丹尼所做的一切竟也驚人地與母親相似。

能像麥可承認自己的恨意與脆弱畢竟不易，而能像諾拉既遭逢精神崩潰又學習接納兒子的母親，也是難得，必得經歷多年的跋涉和衝突，長路漫漫。認清了自我情感需求，麥可在書末終於將他指認出的每隻蝴蝶，朗讀其名，獻給母親：

妳看，妳看！是黃鳳蝶！在沼澤薊上吸著蜜！美得宛若虛幻！

牠們是獻給妳的。

成年麥可與小男孩麥可終於合而為一，每次他對母親的呼喚，都是以「妳看」起始。媽媽妳看。多熟悉的童音，我想到無數次孩子跟我說媽媽妳看，即便只是簡單線條的塗鴉、家中混亂的建築工地，專注的目光對他們來說無比重要。妳看，妳看，彷彿出自於兒童的集體呼告，伴隨著欣喜和雀躍，響徹每一個時代。

屑屑

孩子吃洋芋片、蕃薯片，咔滋咔滋，紛紛落下好多細小碎片。細小的食物屑屑，落在桌沿，暗中留下了油膩光澤，手不經意將它們送往木地板，輕巧卡在縫隙中——令我想及《失落的一角》中不動聲色又完美無瑕的哲學式卡位——飄得更遠的就被書櫃和鞋櫃縫隙吞了進去，輕易躲過疲憊又混濁的目光。

我說：「就著碗吃，不然屑屑會掉出來。」

不喜歡屑屑，那意味著之後的清理，以及更多更麻煩的不易清理。每個屑屑都像精緻的開口，貪婪的嘴。屑屑吃掉時間。

除了洋芋片，鳳梨酥、芝麻燒餅、菠蘿麵包、奶酥麵包有更棘手的屑屑。孩子用舌頭舔舐盤內的小碎片，盤面留下了口水痕跡，像鍋牛移動的路徑，黏黏的，發亮。

孩子用手指輕點桌面小碎片，送進嘴裡。

拿掃把清理，屑屑分裂成更多屑屑，簡直就像變種的細胞繁殖。掃帚離開了，空氣中仍浮動著屑屑們的歡呼聲，那麼寂靜，如此喧鬧。

最好的時機就在屑屑落地前清除乾淨。衛生紙對折再對折，將屑屑們聚在一角，垃圾桶緊貼桌沿，快速掃進桶內。一旦落地，除了掃把加速它們的分裂，孩子的腳步更會讓它們像花粉被昆蟲帶去旅行，落在四處，從浴室到床鋪都有可能，默默滋養著夜行蟑螂。

對屑屑的緊張，可能來自於幾次難以收拾的混亂。

兒子兩歲半的時候，曾將吃到剩四分之一的饅頭悄悄放入衣櫃角落，和他的閃電麥坤小車、樂高玩具和內褲放在一起。小男孩的分類學，有時顯得過分奇特。當時的他想必以為正進行著秘密實驗，或集郵般的收藏，還是像獸類貯藏食物，得空再翻出來私自品嚐。饅頭被發現時已過了整個農曆春節，我們從北部回到台中的晚上，拉開衣櫃抽屜準備給兒子找內褲時，發硬的饅頭在我驚愕的目光中，如聚光燈下的裝置藝術：叢聚的藍紫色霉斑長出困惑的表情，饅頭也掉出細微白色粉末，屑屑堆積出沉思的地形，似乎對於被遺落在衣櫃抽屜角落十天，長霉的它和我同樣無法理解。

棘手的不只是屑屑本身，而是它們的落點。

如果在車上，如果在移動的車上；如果食物在移動的車上被兩個幼齡孩童夾在指間，捧在手上，如果孩童總想以最奇巧的姿勢，在車行速度下平衡自身的同時，將餅乾送進嘴裡，屑屑就容易變成濫用的刪節號，撒在座椅上，卡在縫隙中，坐在屁股下，黏在車窗上。最艱難的永遠是肉眼看不見的，分裂後的它們鑽進腳踏墊，噢那可惡的一格一格黑色腳踏墊，格子像極了蜂巢，儲藏著很久以後才會被發現的甜食屑屑。

總要隔一段時間，才會想到應該將踏墊拿出來，將那些紛亂的集體通通倒掉，倒在車外、草皮、柏油路上。記得某次年節帶孩子們出遊，車停在兩百公尺外的空地，一下車先撿拾具體可見的塑膠包裝等物，接著再拿出踏墊，傾倒，果然好多碎片喧譁。還用保溫瓶裡的水快速沖了一下，爾後靜置於車頂，給溫暖的冬陽晾曬一會兒。

結果離開時忘了將踏墊放回去，就發動引擎。

開了幾百公尺，正狐疑怎麼會有噗噗噗的聲音？以為忘了關車窗還是沒將車門關緊，兒子才從後車窗瞥見正逐漸下滑的腳墊。女兒此時也才驚覺怎麼雙腳踏在毛絨絨的地氈上。

駛入國道前緊急路邊停車，安置好踏墊。不禁笑了出來，人家的車頂不是帥氣擎著流線型腳踏車，就是綁著帳篷之類的。我們卻將踏墊忘在車頂，滑稽又狼狽的公路風景。國道上，我想著卡在踏墊邊邊角角的屑屑，在晴日與和風的鼓勵下，自由地敞開獨一無二的自己，隨風飛舞，逆風飛翔。

屑屑是不完整，又是完整。不完整在於它必定從這個那個物事掉出來，是幾分之幾，是分子，是其一，孤零零的存在。完整則取決於它的獨立性，幾乎沒有一片屑屑長得一模一樣，它是時間搭配動作、方位計算角度、重量考慮密度的總和，獨一無二：指紋一般，孩子一般。

屑屑要教我什麼呢？它們帶著我的思緒走了好遠。不過，我還是不喜歡屑屑，還好它們終於被清除了，鬆了一口氣。

唰。從後照鏡看見，孩子正要撕開一包餅乾。

不知是否為了節省時間，想避免清理分裂成碎片的細末，一看到屑屑從孩子吃食過程中掉落，就不自覺撿拾，將它們聚攏在一處，默默掃進盤內。甚至也有在落體過程中被攔截的紀錄，孩子在吃，我在下方接捧，掌心化成缽，詭異的畫面。

或是試圖先用話語接住想像中即將掉下的食物屑：就著碗吃。就著碗吃。就著碗吃。我又開始跳針。

源頭處截斷屑屑，可能是處女座的完美主義作祟。只要解釋自己是處女座，潔癖行徑就會讓旁人心領神會，臉上浮現理解而認同的表情，不再追問。也可能是不想花更多時間清理後續，尤其當那些後續通常是落在我身上的時候。

但你知道，屑屑不是這麼好攔截的。

四處游擊永遠比精良整隊的更令人費神。因此我也被孩子們豢養出提前準備的習慣，在屑屑仍在袋內、盒中的時候就先將複數／富庶的它們通通消滅。效果好得出乎意料。沒錯，所有事物都該在源頭被斬斷，自然不會派生出支脈啦、枝葉啦、果實諸種難纏的衍生物。

約莫從這個時候，我習慣先吃掉碗裡的、盤裡的、袋裝或盒裝內的屑屑。破裂的餅乾，一角被碾壓成細末的傷殘洋芋片，被撞傷一角而帶有烏黑瘀痕的香蕉，那些不再完整的食物被我搶先接收。

先吃掉屑屑，醜陋而難以歸類的。有人說母愛大抵如是。

或者說處女座如我大抵如是。

有次我邊將袋內的洋芋片碎屑聚攏，以便迅捷倒入口中，邊從凱特・曼恩的（Kate Manne）《厭女的資格》中，讀到珍西・唐恩（Jancee Dunn）《我如何忍住不踹孩子的爸》（How not to hate your husband）的結論，開頭第一句話立刻吸引了我的注意：「你不必每次都吃碎掉的餅乾」，緊接在這句加了粗體的呼告後，唐恩說：「我必須克服的最困難的問題之一，是培養一點點我自己的資格感。」資格感包括需要人幫忙家事，需要休息和閒暇，「要擺脫隨侍在側的內疚感，」唐恩繼續，「以及我不知為何認定自己應該要有辦法處理所有事情的想法，是困難的。」

碎掉的餅乾。

我回頭讀這幾個字，用目光在這幾個字的下方畫底線，來回加粗體。

我的誤讀讓我想到母親的行為：將壽司扁下去的兩端切掉，那裡荒疏黏裹著少少的飯粒、畸零的食材——不是過長的小黃瓜就是不見蹤影的紅蘿蔔——貧乏的兩端會在上桌前先被她解決，僅將飽滿扎實的中段擺盤，裡頭無論是煎蛋、小黃瓜、鮮火腿、紅蘿蔔都是最方正而宜人的，豐美且完整的壽司留待家族中其他人享用。延伸文本（或說經典文本）還有多數孩子以為，將整條魚留給家人的母親會這麼做的原因，在於她最愛吃魚眼睛。再延伸得更遠，為什麼我總無意識又迫切地將盤裡最破碎的餃子吞下肚？先撿拾被燙穿、餡料從餃皮中流淌而出的菜蔬細末（吞下肚），然後是已與內餡分家的餃子皮（吞下肚），機伶地吃下那些畸零的屑屑幾乎已成習慣。沒有人要我這麼做，但好奇怪我就是這麼做了。曾有一次，肚子餓得不得了的我，一邊撈起餃子滑入瓷盤，順勢夾了一顆水餃送入口中，果然燙舌，逼出眼淚。

眼淚因為燙舌？

還是因為那是顆完整的餃子？

狼吞虎嚥解決餃子，十分滿足，不久，內心竟有種感覺無以名狀，只知些微刺刺的，癢癢的。

（隨侍在側的內疚感。唐恩說。）

題外話：後來跟某家素食餐廳的老闆娘買了高麗菜水餃。找錢的時候，她突然想到什麼，對著我說，妳知道嗎？下餃子前，可以丟一根不鏽鋼湯匙進水中，跟水一起滾沸，這樣餃皮比較不黏鍋，不然有時候不停翻動鍋鏟，反而將餃子戳破了。妳試試看，很神奇。

我試了。

看滾沸水中的餃子，如何從冷凍的硬白，漸漸轉成溫軟的半透明，隱約可見紅綠黃餡料在裡頭熟成。拿鍋鏟晃動已被澱粉染濁的沸水，等待部分餃子的硬白邊緣，悄悄轉透轉熟，微微鼓脹地浮出水面。角落的不銹鋼湯匙上有一個鏤空的微笑，靜靜沉在鍋底，凝望著這一鍋不同媒材的組合，奇異的生活美學，主婦不吃破餃子的經驗傳承。確實餃子再也不破，不再有屑屑尷尬地從失落的一角中紛繁湧出，每粒起鍋的餃子都飽滿而完整。

不過還是有其他的屑屑，仍會從這裡那裡掉出來，流出來。

唐恩從不吃碎掉的餅乾，想到了婚後女性不想被犧牲的資格感，以及因為沒有好好犧牲的內疚感。我唐突地想及女兒三個月大時，我請家人照顧，溜出去看電影的瑣事。片名早就記不住了，唯一留下來的印象就是回到家，立刻被劈頭質問：怎麼看這麼久？早就超過兩小時了。妳女兒大哭怎麼哄都沒用。妳女兒。我重複了一次，我女兒，我接手抱過哭得滿臉鼻涕眼淚的我女兒。邊解釋因為要停車啊要排隊買票啊，沒說的是我喜歡在電影演完後留到字幕跑完最後一行，在燈光全亮之前抹去眼淚，私自感受屬於我的、真切的心跳和悸動，這才是最完整的觀影經驗。大學時代某教授的叮嚀。正因私藏了「沒有犧牲自己」的完整時間，因此邊說我也心虛了起來，聲音逐漸減弱。

碎掉的餅乾只是一個比喻。那可能也意味完整或平等享受工作時間、休憩娛樂的資格感吧。如果母親還有工作；或者說當母親原是一份不容易的工作，時間已是碎片，不但要在有限時間清理食物屑屑，更要滿足家人雪片般的需求。全是屑屑。

凱特．曼恩引用了另一本書，達西．洛克曼（Darcy Lockman）的《所有的憤怒》，此書一開頭，就提供了一個寫實的例子——說寫實，因為也發生在我和友人艾蜜莉身上——洛克曼請求丈夫喬治在母親節這天，帶兩個女兒去拜訪他的母親，給洛克曼一個難得的休息，其中有件事沒特別提出來，就是打包兩個女兒的行李。當喬治打電話問洛克曼他這樣打包有沒有忘了帶到什麼東西時，洛克曼回憶起自己當時的感受：沮喪、不平和，甚至產生內疚感，已然內化於她體內十幾年的白噪音提醒她，關於女人及其責任，於是她數落自己：「你只要隨便丟幾樣東西進去行李箱就好。這只是個在外面過一晚的旅行。這只會花你三十秒，有什麼該死的大不了？」

你只要隨便丟幾樣東西進行李箱就好。

隨便，丟幾樣，就好。

當母親恆常如是想，持續一段時間，就不難發現凡家務、情緒勞動、所有的一切就會化作這幾個字的造句及其變形，不斷在她身上來回試煉，最後成為一個拖沓到不行的句／巨型，+1到臃腫的天文數字。微妙的是，不一定來自於旁人的聲音，而是如洛克曼所經驗的，白噪音早已內化於體內，會不斷提醒她：**隨便，幾樣，就好。只會花你三十秒。沒什麼大不了的**。

隨便講個例子。

當孩子年幼，尿片奶瓶奶粉內褲衣著及其他，得在有限的行李箱空間算好天數與份數，不同年齡層的孩子又有不同需求，蠟筆畫紙貼紙小車也得帶上，孩子的，丈夫的，自己的，腦海快速加減後，終於有效塞飽兩個行李箱，用膝蓋壓住外殼，順利拉上拉鍊。到了目的地，攤開行李，先讓所有零件找到它們的去處，乾淨衣著換上，髒掉的襪子放進洗衣袋。回到家，又是拉開行李箱，再度讓所有零件回到它們的家，壞的丟垃圾桶，髒的丟洗衣機，乾淨的……呃通常沒有乾淨的。

年節的行李更棘手。有三個孩子的艾蜜莉年節返家，除了行李，還得帶幾包圍爐食材，於是物件變得熱鬧起來，冷凍的、常溫的、乾的、濕的、大的、小的，分門別類，萬物各有歸處，最後化成俗稱的「大包小包」。某年，開心吃完年夜飯、洗淨鍋碗瓢盆、發完紅包，洗澡時才發現三個孩子三天份的乾淨內褲全沒帶到（已打包好，疑似忘在床上），被長輩指責這麼重要的東西竟然會忘記，媽媽怎麼當的？年紀輕輕記性就這樣？丈夫也冷言補上，她真的忘東忘西，一天到晚不是找手機就是錢包鑰匙。幾個小時前收完大包小包、開箱後拿出大包小包、張羅一桌年菜、餵飽老少小一家子並洗完所有油膩食器的艾蜜莉，已無力替自己解釋，畢竟內褲忘了是事實，記憶力一年不如一年也是實情。

不過誰會記得：當所有家人的吃喝拉撒細節、喜好、需求、分類全都得由一個女人（而不是千手觀音）來記憶與執行時，對她而言，「隨便」、「順便」的屑屑這裡一叢，那邊一堆，終會滾成偌大雪球，凝聚冰雪般的強烈意志，伴隨重力加速度朝她的記憶和（主婦的）技藝兇猛撞來，最終也將她撞成屑屑。

最初只要花你三十秒，最後滾成三天，三個月，三年，甚至三十年。

艾蜜莉的故事，也是啟示。

其實不僅外出旅行的打包與收拾，家中大小物件通常也由母親收納，影集《怦然心動的人生整理魔法》中，孩子最常問媽媽：我的什麼什麼在哪裡？媽媽竟能從龐大、細瑣、無序的物件須彌山中，正確回應孩子的需求，不僅是豐沛母愛使然，更是強大記憶術的展現。有次我在閱卷場的茶水間，無意間聽見一位女教師講手機（應正跟孩子通話），她極有耐心地指示對方要的東西的位置，曲折奇詭好似那物品收納進多寶格裡：最靠近窗戶的衣櫃打開倒數第二格抽屜邊邊的襪子皮帶旁邊……有看到嗎？複雜如俄羅斯娃娃。同為母親，我會心一笑，想到整個家的平面、剖面、透視圖在記憶力逐漸消退的母親腦海中，頑強抵抗遺忘土石流，斑駁而閃爍顯影的畫面。

走筆至此。唰。該為自己開一包洋芋片。

終有一天，當我凝視孩子，以及他們掉落的食物屑屑，不再忙著收拾和清理。

因為我也開始掉屑屑。長大的孩子已學會收拾，如同他們學會打包自己的行李。當我偶爾記不住什麼物品放置何處，像無法辨識屑屑的獨一性而搞混了所有物件時，孩子幫我記住了。

唰。又該為自己開一包洋芋片。

輯四

方舟

她這麼賣力要奔向何方，她不累嗎？

一點也不，只稍微有點，非常，沒有關係。

她若非愛他，便是下定決心愛他。

為好，為歹，為了老天爺的緣故。

——辛波絲卡〈一個女人的畫像〉

等待

親愛的娜娃：

那天當我獨自開車到一個小小城鎮時，我想起妳。此時妳正在後車廂裡。這樣說有點恐怖，好像那裡秘藏著誰的死屍一樣。我的意思是妳和妳的人生被寫進一本男性小說家的作品裡，而這本《鄉村生活圖景》此刻正在後車廂裡的行李箱內。像俄羅斯娃娃，娜娃妳被放在行李箱的最核心，我用白色的不織布袋裝好。其中，有關妳的故事，我讀了好多遍。這篇小說叫做，等待。

說妳是小說的女主角，似乎也不太精準，因為從頭到尾妳其實沒有現身，妳只出現在焦急尋覓妳的丈夫的回憶中，讓我依稀從破碎而跳躍的敘事，拼湊妳的樣貌。妳喜歡做陶，有個小工作室，裡頭陳列妳的作品。做陶的妳在想什麼？思緒是否隨著掌中即將成形的陶器而逐漸有了新的輪廓？纏繞的記憶在過程中稍稍被解開了？被攤開來檢視、撫平？我不會做陶，但想像自己畫纏繞畫的經驗，專注於曲折或筆直前進的線條，旋繞不終止的路徑沒有象徵或隱喻，就僅是讓筆尖朝著同一方向重複，神奇的是，煩躁的情緒毛邊就這麼被一一收妥。還有寫作，好像把所有喧囂的日常片段一股腦倒出來，放置於乾淨的檯面，凝視嘈嘈切切的它們，試圖予以分類，或即興混編，或什麼也不做就只是張望著逐漸安靜下來的記憶，幻想，妄想。或其實是冥想的過程？

我假設，做陶對妳來說正是這樣的生活必備？妳在短暫的時空裡恢復了自信，婚姻生活的細微裂隙就在手心覆蓋陶土的過程中，被溫柔彌縫了？妳的自我在無聲的過程中發聲，藝術的嗓音如此渾厚美妙，因此我可以想像當妳得知吉莉女醫師建議妳身為村長的丈夫，在村裡替妳舉辦展覽時，內心應感到驚喜和雀躍吧。聚光燈打在妳的陶器上，清晰照顯的是妳反芻日常後的清明思維。

想像多年來妳在廚房、臥室、浴廁、走廊、客廳旋繞來回的身影，妳安靜地擦拭、掃除、清潔，如同諸多不同膚色和族群的女子，靠著不停歇的雙手勞動，方能維持體面的家，即使妳的丈夫可能視而不見。丈夫以為塵埃不可見，但下班後開始第二輪班的妳必定了解這世界到底有多少灰塵，如雪片般細細飛落並忠實停駐於花瓶、拖鞋、沙發和地板，倘若不清潔，誰曉得哪天我們會不會就被如斯掩埋？妳離家後，渾然無覺的他先在廚房摸摸花瓶下妳常放字條的老地方，發現未留下隻字片語，接著看到妳替他準備的午餐正安放在桌上，且「為了保溫而用另一個盤子蓋住」。我在這個句子來回看了好幾遍。讓我想及母親。

有段時間，參加登山社的母親在每週四的清晨五點起床，幫父親和仍賴在家寫博士論文的我準備早餐，有時候連午餐也備妥了，放在餐桌上的食物就用淺碟覆蓋保溫，中餐則安置在電鍋裡。熱騰騰的各色滷味，或一鍋香濃咖哩，有時更誇張還有四菜一湯，分別在電鍋炒鍋爐心桌上安放著。母親會將我們的餐食備好才出門，也在顯眼處留下紙條。那段時間家中到處是紙條。紙條說：爐子上有蘿蔔湯。另一張紙條說：炒飯在電鍋裡，加熱再吃。還有一張紙條叮嚀：青江菜已洗切好，記得炒。每次注視紙條的字跡，總會浮現母親邊丟下鍋鏟、拋擲圍裙、邊肩上背包拿好機車鑰匙但又忘了塞在哪於是就在門口四處翻找咦咦咦怎麼會哎呀；但沒多久就尋到了的模樣。有時我醒得早，或母親出門得遲，目送歡欣的母親說完Bye，腦海卻浮現了五分鐘內大門再度開啟的畫面，果然不到五分鐘，門轟然打開，忘了這個那個的她匆匆撿拾隨身物，水壺、登山杖、雨傘或帽子等等，然後又一次好有元氣地揚聲：「出門囉記得咖哩要加熱青江菜要炒還有……」永遠不嫌煩地將紙條上的字重唸一遍。

很多時候，臨出門的母親幫我洗菜切菜甚至下餃子煮湯，油水在鍋內嘩啦啦響，抽風機轟轟地震，她的焦躁似乎也沸到最高點，我在嘈雜的廚房提高音量：「這些我弄就行，來載妳的阿姨已在門口等。」她邊回應：「好，真的要出門了。」但手卻像被什麼控制般繼續炒作，趁我催她的分秒裡，添鹽加醬起鍋，接著風馳般地邊提醒邊疾行：「炒鍋先不用洗你們吃完放著就好那很油我回來再弄就好妳先去做妳的事。」

娜娃，妳也是這樣出門的嗎？留下紙條留下餐食，出門又無法真正放心出門。看妳離家前將午餐擺好，連刀叉和紙巾都摺好，這刻桌上的家常味道說明了過去結婚十七年來的無數次重複，連同沒有灰塵的餐桌也是，甚至包括衣櫥裡疊好捲好的衣褲襪，平整的床鋪、沒夾纏毛髮的地毯、浴間替補上的衛生紙和肥皂，維持整個家的飲食起居都得仰賴妳無數次的勞動。於是我理解當你的丈夫班尼婉拒了吉莉的提議——說妳只是業餘的，在妳服務的小學展出即可，無需借用村委會的藝術畫廊，也可避免村人碎嘴說村長偏袒老婆時——妳內心的失落。操持家務的手終於在陶土中呼吸甚至說話，專屬妳的創造性語言，陶器就是妳心續的具體表述，但忙於聆聽村民意見的妳老公就是聽不見。他聽取大眾聲音，唯獨對妳心不在焉。於是一連幾天妳什麼也沒說，將所有衣物拿來燙，燙到凌晨三、四點，連毛巾和床罩都不放過。

我大概懂這種感覺。幾次，丈夫在沒問過我的情況下答應或婉拒了什麼事，我也是這樣。唉先不說什麼事了，反正最後這些事都幾乎長得一模一樣，具有瑣碎到不行且無聊至極的共通點，充其量就是芝麻綠豆的小事。但回想起來婚姻生活的間隙都塞滿了這些體積小、滾動快又不起眼的玩意，逐日這邊滾出一粒那邊跳出一顆，日積月累竟也填充成婚姻本體，芝麻綠豆的集大成，而且就分成綠豆、芝麻或者綠的黑的兩類。擅長空間收納的朋友珍如是將婚姻生活歸類：大抵分為不是很快樂和很不快樂兩類。

小說描述你們一次爭吵，妳說丈夫只是帶著友善的面具，面具後是冰凍的荒原，但他還是深情微笑，即使妳甩開他的手且認真發火大吼：「你什麼都不關心，不關心我，也不關心女兒。」他微笑依舊。之後端了杯薄荷茶給妳，因為他覺得妳只是感冒。妳吼出來的這句話想必也在許多妻子喉間滾沸吧，如同有次讀到一位年輕的女性寫作者寫她母親的尖嚎：「我很想去死」，這些聲音究竟穿越過多少家庭的臥室、客廳廚房和玄關，抵達多少人的耳蝸和夢魘，最後變成了迴盪於家庭史中消散不去的咒怨，極少數的「我想去死」被寫在文學獎的散文參賽作品中，扁平的四個字在耳裡，卻形成環繞音響。妳丈夫覺得妳的抱怨都出自於感冒，而我記得爭辯到最後，丈夫最常跟我說：「妳累了，去睡覺」。

我真的也只能去睡了，但很難入眠。丈夫卻總能神奇秒睡，規律鼾聲像遲來的一巴掌，打在受挫又委屈的情緒上，深夜時格外響亮。半夜醒來的我無法再睡，乾脆起身做點什麼，沒心情也沒精神讀書，做家事成了失眠女子的深夜習題。入夜的家乍然具有白晝缺乏的深度和距離，所有物事彷彿有自己的意志和魂魄，看上去都肅穆莊嚴，不可狎暱。家事包括：將所有書籍按照出版社或類別或顏色排放。將孩子的衣服摺好疊好。睡不著的珍也是，她常在半夜醒來，我是後來看她轉貼訊息或回覆的時間常落在凌晨兩、三點才知曉。失眠妻子珍的深夜習題：偶爾將各式馬克杯玻璃杯依照高矮胖瘦排列。將隔熱墊杯墊餐墊拿出來仔細擦拭一遍。後來我們不約而同選擇誦經，經文中的空間如地獄吧，很適合在半夜從乾澀的聲道中彈出，還有像阿彌陀佛的世界光燦燦水溶溶，也很適合在無光暗夜，於舌尖上如蓮華綻開。有時我讀理論書（有助於再度快速入眠），有時寫點上下文不連貫的斷片（就別想再度入眠）。不過倒沒嘗試過燙毛巾和床罩，應該說我幾乎不燙任何衣褲，因為日常已夠炙手灼心了；再說很多事情始終無法平整，越企圖撫順反而鑿成一道淺溝，弄巧成拙。

娜娃，妳的丈夫班尼在收到妳「別擔心我」的紙條時，還能好整以暇處理公務，回去吃飯，沖澡，直到一分一秒過去，他終於決定找妳。他以一向獨特的前傾姿勢走向小村，「如船頭乘風破浪」，小說家如此形容，也充分說明了班尼的行事風格。最後來到妳任教的國小，當天放假而大門深鎖，翻牆的他弄傷了手。我看著他走進妳的辦公室，所有物件都是偵探小說的懸疑線索，其實我挺喜歡看作者仔細描述無人在的空間，諸多物件如此靜態卻又隱藏著動態軌跡，半倒的咖啡杯、黑板上的字跡說得太多又彷彿什麼也沒說。班尼打開了妳的抽屜，裡頭有粉筆、喉糖、太陽眼鏡盒，盒子是空的。然後找到一條椅背上的圍巾，看來眼熟但不確定是不是妳的。他當然不確定，即使貼身的衣物也是。

丈夫有時會突然說：妳穿的這件新裙子很適合妳。我愣了一下，這件裙子已經買了超過兩年，近兩年夏天我常穿，其實不怎麼新了，甚至後面的薄薄布料已滾起毛球。有時則是：妳剪頭髮啦，很好看。我會感謝他的讚美，但同時納悶已剪了半個月，這半個月來我們不是不常見面，就是即使碰面也有比發現對方頭髮更重要的事。所謂更重要的事其實後來一件也想不起來，無論是談公事還是與公事有關的人，或是錢。記得我懷第二胎的八個月半時，肚子大得不得了，因為準備請產假和育嬰假，得從學校扛回筆電和一箱書，避免地下室停車場收不到訊號，回家前先打電話給他，請他二十分鐘後到地下室等我，幫我扛東西上樓。最後我在地下室等了十分鐘、十五分鐘，手機無法撥號，只能等待。納悶上樓查看，母親說妳老公已出門二十分鐘了，和一位同事去吃飯。當時正和同事聊得起勁的他完全忘了這回事。據他事後回憶，他倆在家邊聊邊下樓，在大廳繼續聊，同事終於問他在等誰？丈夫卻完全想不起那通電話般反問自己：對啊我在這裡等誰？於是繼續熱烈的話題並往街上覓食。最後由母親協助我將書箱、筆電搬上樓。

後來又發生過很多類似的事，等待的事。可能我善於等待，又或者我被訓練成必須善於等待。一粒又一粒芝麻綠豆從破掉的布袋中滾落出來，流淌在地宛若積水，再無法撿拾只能祈禱順利避開以免滑倒就好。現實生活如同小說，電話必須在關鍵時刻響起：在我們即將為孩子慶生、出門去餐廳吃飯、女兒出院返家發高燒、家庭旅行、拜託他接孩子因為我得晚點返家的時刻，總之，他的夥伴朋友家人總在我需要丈夫協助的時刻打電話來，接下來他就得打開電腦，立即處理每一項棘手的事，或緊貼著電話即使孩子說爸爸你看你看我可以……雖然不像妳老公班尼是村長，得立即處理大小他職責所在之事，但丈夫也像班尼一樣熱衷於男人間的互動，或協助家族處理可能冰凍多年的誤解或仇恨，於是他得看長長的信，回信，回簡訊，回電話；於是他得一直講一直講，友善、親和的他很適合扮演溝通者的角色，而我也說服自己應當扮演懷抱受傷的、情緒起伏的、哭泣的、憤怒的孩子，聽他們高興大喊媽媽妳看我可以……

燙傷的女兒從醫院返家那晚，高燒至四十度，已會走路的她也因兩週臥床而無法步行，本已學會如廁，無法下床後得插尿管，回家後暫時包回尿布，重返嬰兒期。她身旁還有一個名副其實的嬰兒，她的弟弟。懷抱全身發燙的女兒，兩腿有兩次動刀後的疤，紗布上有不時湧現的膿與血，已如驚弓之鳥的我再無法承受更多，討饒般央求他可否中止線上會議，今晚就好，一次就好。但會議不能被中止，再說高燒只是過渡，他提醒我別反應過度，這些很正常，都會過去。於是在臥房聽見隔壁的他對事業夥伴朝氣蓬勃的問候：「各位都好嗎？請大家先來分享這週最愉快的事？最有成就感的事？最想感謝的人？」上揚的語氣總能一掃陰霾。笑聲傳來。掌聲傳來。他將門關上。我再聽不清聲音，只有終於睡著的女兒的呼吸聲。

當年那位相談甚歡的同事已離開，後來親近的夥伴也離開。他完全想不起來當初熱烈地談論些什麼——不外乎遠大的夢想和所有應立即啟動的計畫——

值得一次又一次讓妻子等待，讓她獨自用餐，或奶著孩子抱著孩子推著嬰兒車等待丈夫結束通話。在通風不良的地下室等待。漫長等待後還得獨自搬運比知識（書箱）更重的情緒巨石。

娜娃，班尼不知道妳去了哪裡，也一定不懂妳為何離家。

此刻的妳，正前往哪裡？令妳開心或平靜的地方？想告訴妳，我現在正穿越一個南方小鎮，這裡有美麗的綠色隧道，事實上這裡到處是高大的樹木，到處是綠色隧道，濃密的綠蔭讓人忘記憂傷。我喜歡放慢車速，徐行，關掉空調，放下車窗，歡迎風的來去。

妳的丈夫還在等妳回去吧。書架上有那麼多的故事，丈夫在等待妻子回家，還有日本男作家寫的，那麼多的丈夫不知妻子為何消失，只能徒然空守留有妻子部分物件的家屋，感傷的情感靜物。在此之前，妻子也許花了更長的時間等待丈夫。

娜娃，妳去了哪裡？

妳正在我的行李箱裡。

事實上，妳和我在一起。

自由的風，此刻正穿行於我們的髮絲、耳際、呼吸，言語和沉默之間，穿過家庭史中無數個漫長的等待。

風傾刻間吹拂。無需等待。

方舟

在同輩中，她是比較晚才學會開車的。

熟識的友人剛滿十八歲就報名駕訓班，考取駕照後也順利開起父母的車，開到畢業、工作、結婚、接送小孩，而她考上大學的第一件事卻是學西班牙文，努力馴服舌頭，但上完兩期課程後便終止，和學長轟轟烈烈談戀愛，沉浸在粉紅泡泡的微醺時光。幾年後，初戀畫下休止符。西班牙語全忘光了，倒是失戀那段期間，早已開車自如的好友載她去石門水庫散心。那天，她後悔當初應該報名駕訓班，熟練駕駛的身體感，而不是徒勞鍛鍊舌頭。

即使如此，她還是拖到三十歲才報名駕訓班，夢想清單中有太多類似學西語的選項，遠比開車來得迫切又脫離現實。坐進駕駛座，緊握方向盤，聽教練說難懂的笑話（常在錯誤的時間點笑出來），眼看他消失（妳開得不錯可以自己練）後躲在暗處喝飲料（當時還沒有智慧型手機），留她一人努力練習日後鮮少用上的S型。距離她真正開車上路已將近四十，當時她早遷移到另一座城，生了兩個孩子，頭頂竄出幾莖白髮。

這座城，身邊的女性友人都開車，即使平常習慣騎機車，仍隨時可以將車從車庫倒出來，開上街、國道和鄉鎮小路，有的甚至以精準而炫目的停車技法自豪。其中一位孩子同學的母親A，每日從城市南方騎車到三公里外的幼兒園，有次近距離觀察A的手，發現白皙手臂上清晰浮現淡藍靜脈，手腕細瘦得彷彿無法提起任何重物，一副很受保護的模樣，她下意識判斷對方也不會開車。「反正丈夫會開車就好了嘛」，她想起母親曾這麼說，也不難想像這句話從A嘴邊流出來時，福泰從容的表情。某天當她發現A開車來接孩子時倍感衝擊，驟然升起「難道最後只剩下我不會開車了嗎」的寂寞慨嘆。

但這還不足以迫使她將車開出車庫，開上街，開上快速道路，跨越城市邊界，開過橋，駛進爛泥濘中，彎過羊腸小徑時體驗驚險又不可思議過關的會車，在車上丈夫與孩子沉沉睡去的夜晚，滑進冰涼夜色。

因為要接孩子，她才硬著頭皮開車。說是這麼說，事實上，唯有她知道驅使她開車的理由來自於母親。

她還清晰記得童年時代，每晚九點半，全家陪同母親練車的過往。那年，母親三十二歲。

八〇年代，紫色喜美，奇妙夜旅。

母親坐在駕駛座，父親坐副駕駛座，後頭則是興奮的姐妹倆。母親從中正路開往民族路，或從故鄉著名地標大時鐘的大同路，開往中美路、新生路，兩旁商店紛紛熄燈、放下鐵捲門，城市準備入睡，全家的奇異旅程方要啟程。

想像中，新手駕駛的母親應當異常謹慎，手心泌出汗來，方向盤和手掌間蒸出薄薄霧氣，籠罩在擋風玻璃的是不安的氣壓。父親絕少說話，沉默巨大如山，但威脅力恐更勝於滔滔責罵。姐妹倆太小，無從留意母親的內心戲，光是窗外店家的飛旋霓虹，以及被窗玻璃阻隔後朦朧淡去輪廓的聲音就很有戲，夜晚的街道敞開布幕，黯淡燈色強化了舞台效果。倘若下雨就更好了，撲飛至三角玻璃窗的雨絲化成斜斜標點符號，隨著車行速度滾落成詩意的奔跑，氤氳的數學題，最終匯流成玻璃窗一角的小水窪。細雨之夜如此靜謐，交通號誌在溼黑馬路上投映魔幻顏彩，暈開豔色。雨刷機械擺動，慢，快，極快。慢，快，極快。水流匯聚，水流分開，視線就在規律節奏中時而模糊，時而清晰。

只顧貪看窗上的雨珠跡影和雨刷縫隙間的燈影，當年她全沒想過雨天增加駕駛難度，開車的母親何等緊張，冒汗手心默默映照著車外流洩的雨瀑。淅瀝淅瀝，淅瀝淅瀝淅瀝。

某次聽見父親急切的聲音而恍惚醒來：打方向燈打方向燈，快往左切小心後面有車，就跟妳說，後面有車。睜眼，外頭漆黑，幾盞薄弱的紅燈明滅閃爍。後來推想約莫開上了交流道，害怕的母親不敢上國道，父親卻執意要她練習，半推半就半罵半哄間，車危顫顫閃入車道，一緊張就不自覺死踩剎車，迎來後方喧譁喇叭聲如花瞬間綻放。母親想必心跳加速，搞不好已哭出來了也說不定，所幸混亂止於瞬間，沒多久紫色喜美又平緩加入南下或北上車流，驚醒的姐妹倆也隨著車行沉入睡眠汪洋。

陪伴母親練車的夜旅究竟持續多久，姐妹倆又如何從睡眠的溫暖泥沼中醒轉，艱難移動到床上眠睡，隔日打起精神上完數學國語自然社會體育，而後等待晚間的練車時光。

對母親而言，會開車絕端重要。相較於深植於家中如同人形植栽的丈夫，車不但是代步工具，更是一葉飛離瑣碎家常的螺旋槳。從接送女兒、超市採買再到三天兩夜閨蜜小旅行，或是殺到他方臨時顧孫，有車，一切都便利多了。

記得母親曾說：「女人不用學開車，給男人載就好。」如果沒記錯，這句話正是某次母親載她去駕訓班說的。當時正逢梅雨季，母親的車就暫時成為習慣騎機車的她的往返之舟。現在想起，這句話來得莫名其妙也毫無道理，但當時這截斷上下文脈絡的話卻像詭異藍煙，隨著車行速度，晃蕩於後照鏡下懸掛的神佛照片和祈福金牌之間，於是她用剛習得又忙於獻技的女性主義論述嗤之以鼻，反覆嘲弄，但多年後開車上路，這句話卻如同摩挲神燈後的幽靈冉冉現身，伴隨強烈懷疑：為什麼母親這麼說？倘若回到當初說話的情境，是否母親厭倦在大雨中載她往返駕訓場？還是母親對不斷獨自開車雲遊的生活感到煩膩？或是她其實想要丈夫同遊；共享風景也能輪流開車？還有什麼可能？如果當年她更有問題意識和窮究根源的慾望，這句話的脈絡是否來自於腦中深植的傳統女性規訓和行動女性話語間的辯駁，吐出來的話尾不過是彼此雄辯交戰的一抹遺緒？還是主婦人妻內心小女孩的撒嬌討好？男人替自己開車門，讓妝容完好、眼神無辜的自己優雅坐進副駕駛座，名之為丈夫的男人帶她到天涯海角，瑣碎家常中難得抒情冒險的情調，無論如何都勝過於俠女隻身勇闖天涯？她想像，一個外表堅毅的五十多歲女性，獨自在公路上邊聽音樂邊訝異於湧動情緒化作眼淚流淌之際（多像車窗上的雨影），時速默默超過一百二，一百三的場景。

她確實接過幾次母親超速的罰單，附上的照片清晰顯示了車牌號碼，而她總能從那沒什麼好說的單調場景中過度詮釋：銀色LEXUS維持著奔馳的餘緒，雖然駕駛者沒有入鏡，但女駕駛的情緒正如大膽催發的油門，渴望是供應不絕的燃料，輪胎化成風火輪，疾疾幻作向前驅動的蠻力，車體幾乎要長出翅膀那般飆向未來，凡馳過之途皆迸發焰火朵朵，所有的地名形同虛設，凡是空間，皆指向一個究竟之所：自由。

於是她開車上路，當她體會過逼近超速的神秘結界——所有具體的限制和無形的柵欄如恐懼、擔憂、壓迫感——之際，她再也不像父親那般叮嚀母親：開慢點，否則又被開罰單。雖然至今尚未接過罰單，但她始終不太確定，比起交通規則，婚姻生活無法細說的潛規則於她而言，是不是更難捉摸和遵循？

她想及另一位孩子同學的母親朵拉，每週兩日從城市北緣開車南下至偏鄉小學授課。她納悶是何等毅力與愛心支撐朵拉開三小時（不塞車的話）的往返車程，只為了四小時的英語教學。隔天又是同樣行程，持續兩年。

某次和朵拉在幼兒園對面的公園，邊盯著孩子玩溜滑梯邊漫聊起來，她好奇對方的善舉，朵拉悄悄說：那兩日母親可以代她接送孩子，張羅晚餐，甚至安頓孩子入睡。然後眨了眨眼：「那是我每週最期待的行程。」一人車廂重複播放她最愛的搖滾，「音量開到最大，幾乎要傷害聽力了吧。」宛若告解，秘密交換，她也想像朵拉逐漸踩深的油門，速度上揚，眼神有光：「妳知道，那超棒的。」語畢，兩個孩子撲向她，她給兩個孩子仔細戴上安全帽，一前一後三貼回家。

望著母子三人遠去的背影，她怔忡起來，朵拉沒說出的細節，她可輕易補上：取出孩子的英語會話練習或繪本故事之類的CD片，放入青春時期排行榜，九〇年代和二十一世紀頭幾年的歷史節奏搖曳現身，駕駛座上的她立刻返回女學生時代，永不終結的晝夜舞台上，掃射著無以復加的燦爛，青春就是恆常啟動的車頭燈（不用擔心沒電），將所有闇夜照成曝光亮白，熟悉到令人心碎的音樂是持續抽長的魔豆，從少女時代一路瘋長至人妻人母時代，她點頭、甩頭，單手持轉方向盤，空出來的手則在上大力拍擊，她一定笑得太用力以致於淚水不受控流出，飽滿淚滴釋放壓力也蓄積喜悅，難纏的婆媳小姑關係、生活壓力、丈夫的冷淡、孩子這裡那裡的小毛病和路人甲的指指點點等諸種積累成肩膀的岩層硬塊，此刻全被音樂、方向盤、雨刷、後視鏡、油門、手煞車，接納地全盤吸收，背後不再被孩子踢蹬，不會有孩子們無聊到令她翻白眼的爭吵——她得壓下滿腔憤怒回過頭僵硬微笑：好啦，你們是怎麼啦？——副駕駛座也不會有男人沉穩的鼾聲，至於那些發生在車體之外的爭辯指責，全都粉碎成休止符，車內唯有笑聲、哭聲、音樂。

（車內鏡下的神佛圖像和金牌晃動得多麼厲害，簡直就是控制不住的狂笑。）

像是為了提示這段回憶章節的結束，雨即時落下，先是句點大小，繼之以逗點和分號，分號接續成破折號與刪節號，窗外的雨，以尋找字句和傾訴心事的形式鋪展開來。旋開雨刷，看推移、貼附在玻璃窗上的晶瑩字句，不規則且不成形的雨被挪至兩側，蓄積成眼淚般的微型湖泊。瞬間，天色灰暗下來，烏雲滾動並蓄積力量，似乎得到充分的提示與支持，雨勢隨之增強，如箭矢猛烈擊打車體和車窗，在擋風玻璃處流成小瀑布，從被鋒利雨刃切割的有限視野中，隱約瞥見前方小客車後車燈雙雙閃爍，她立即想起某次練車時突降驟雨，副駕駛座的母親立刻按下按鈕，「下大雨，記得閃雙紅燈，後面的車才不會撞上來。」不經意的小動作自此於內心烙下痕跡。在能見度有限的惡劣氣候下，閃爍紅燈如心有靈犀的眨眼，悄悄告訴她：暴雨中，請保持安全距離。

此時，車廂唯有她醒著。身旁的男人鼾聲大作，後方的孩子睡得東倒西歪，安全帶將他們的柔軟身軀箍緊，確保他們在高速中維持繼續作夢的權利。

左側後視鏡已流淌成河道，難以辨識後方來車，煙雨朦朧，前方的車也不辨蹤跡。她害怕暴雨，不僅狂躁大雨讓她有車體微微漂浮的錯覺，這般敲擊彷彿喚醒了恐懼的總和，大雨是悲劇的前導，最壞的結局之前總會發生最劇烈的雨。幼時看過的一部影片，暴雨中翻覆的車讓主角頓失雙親，被迫提早長大，一路演下去的唯有不得不然的世故及艱難。如是既視感再也不散，她感覺手持方向盤的力道增強，手汗在雙手和方向盤間塑造了隱形牆，滑不溜丟，她預感會失去掌控，錯覺升起：車打滑離開快速道路，強大勢力將之推往河道，從河道順流至雲深不知處？

結婚多年，他始終在她無法企及的雲端，真真雲深不知處。除了體會母親的自由感，正因常開到睡著的丈夫迫使她開車上路。丈夫安心創業，正向度日，而將所有開銷與家務承擔起來，似乎就是婚後的她被期待的角色。撐持這一切的她又得到什麼？「妳就是太強。」不該虛弱，又不能太強，剛剛好的溫柔與無條件的愛，莫非也是妻子的責任？而現在，當他開得兩眼無神，讓丈夫保持清醒也成了她的義務？當時她還不敢開車，就得扮演不停發問、聊天和餵食的角色，但當最終這些伎倆都失效，彼此就難得有默契地閉嘴，他用僅剩的體力將車默默滑向最近的交流道或休息站，停好車，放平座椅後便秒睡打呼，她則帶孩子逛休息站的商店街，等父親睡飽。

有次他們滑下三義交流道。出發前，夫妻倆因長期無解的問題爭執，本來要南下卻錯往北開，錯路又引發爭執，該是小事，卻有本事拖出又臭又長的黑歷史，婚姻最終把人逼得眼尖心窄，究竟誰又能無視歷史，像一張白紙般地向前？待爭吵平息，車內空調助長睡眠，孩子熟睡，他也開始點頭晃腦，於是迫降三義。睡飽的孩子有出遊興致，賞玩各色木雕和琳琅木製品，孩子央她買這買那，最後給女兒買木湯匙，兒子買了鑰匙圈，突然想起家中邊緣發黑的木鍋鏟，遂買了新的一把。

車子再度發動，看著腳邊紙袋內的嶄新鍋鏟，出發前的爭吵斷續浮現：「這麼多年來，我洗衣作飯，做這做那，讓你好好創業，你竟然還說我不支持你。」

最後令她也十分訝異地，衝出口的竟是傳統連續劇裡悲情女人的控訴：「我再也不要做這麼多了。」這句話在腦海還魂，幽靈般安靜穿行潔淨的鍋鏟，反覆搧了她響亮的耳光，一下，兩下，三下。

黑幕降下，大雨持續，如溪流衝擊車體，煙霧騰躍，無法看清前車的閃爍紅燈，卻清晰看見恐懼在雨刷往復間滋長，雨餵食它們，銳利它們的齒牙。她盤算是否再開下交流道，換丈夫來開？在她下意識叫醒丈夫的前一秒鐘，母親的身影先跳了出來：忐忑駛入國道的母親，緊抓方向盤而手汗滑膩的母親，超速且蛇行的母親，最終也持續餵食著她的意志，支撐她決心獨自穿越。於是她握定方向盤，放慢速度，深深呼吸，堅信神會替她分開汪洋，賜予一條乾燥又聖潔的道路。

即使不然，神也必定允諾她將車開成方舟，她、她的孩子和她的車，會在大雨大雨一直下的公路上，悠悠款擺，緩緩浮盪，直到雨停，天朗氣清。

恍惚間，她又回到母親駕駛的車上，她們交談，她們親暱地拌嘴，她可以全無顧慮地沉睡。

後來她沒有叫醒丈夫，就在暴雨中一路開回家。

——原發表於《印刻文學生活誌》二一四期，二〇二一年六月

夢中足跡

上學期結束前兩天，醫院新冠肺炎染疫者的足跡公布，接下來的新聞交替著禁桃令、挺醫護、網友支援訂餐廳年菜、桃園人挺桃園人，還有這樣的新聞：家族建議住在桃園的家人不用回來過年了。鄉民悄悄問：桃園人會被歧視嗎？

週末搭車回台中，又返回中壢，送出期末成績，完成幾篇稿件，一切如常。當然，這是不可能的，自疫情爆發後，如常，已成珍稀字眼。再說，又有什麼能恆久不變？

帶孩子回中壢娘家小住的那晚，染疫者持續增加，足跡地點陸續發布，書展及各項活動改為線上舉辦或取消，深夜電話揭示新的無常：106歲的爺爺往生。半夢半醒間我想及他在龍潭粗坑的住家養了數十盆植物花卉，懷念我們共同走過的石門水庫、傳說已成鬼屋的芝麻酒店，還有他曾帶我走過中壢的巷弄街道，那些地方再不會有爺爺的足跡了，從今而後。

家靠近老街溪。回母校教書，晚餐後習慣在老街溪散步。隔著車聲市囂，水聲清晰可聞，大約十年前，老街溪終於掀蓋，經過幾年整治後才有今日清澈，再往前算二十個年頭，川上加了長長的遮蓋，印象中附近有些攤販，木板或帆布簡易區隔，支架上懸掛明亮燈泡，賣吃食的、唱片、海報、鞋子、茶葉、碟碗攤相連，楊林、金瑞瑤的海報夾在帆布邊翻飛，音響傳出娃娃高唱「就在今夜我要悄悄離去」，女星嗓音很快混入雜沓腳步聲和店家吆喝，人們吃畢宵夜，抹嘴隨手扔棄塑膠袋，風捲走它們，推送至溪畔，黏滯成無法腐爛的臭泥，悄悄扼住溪流聲帶，僅存嗚咽。多年後看《神隱少女》中去湯屋的河神——拖帶臃腫且腐臭的被棄物和慾望殘餘——就想到當年的老街溪。獨自散步，三十多年前河邊搖曳的燈火、海報，食物與垃圾交織的腐敗味，與附近豬圈的牲口氣，混成百種神秘感覺，原已神隱，重又復活。

矗立在溪畔有一間永平禪寺。我曾就讀寺廟附設的永平幼稚園，一九八九年因尼眾寺務繁忙而終止，當年爺爺笑說：「那是因為你們小孩太吵了啦。」想到幼年的我拾級而上，進入寬敞課室，女老師要孩子們排排坐，數數兒，熾白燈光和冰涼的磨石子地磚構成斑駁記憶。放學時，行經尼眾晚課誦禱和木魚聲。每年初二，我總回到這裡，坐在大殿專注仰望觀世音，三樓的釋迦摩尼佛金色袈裟已煉成沉穩古銅，午後暖陽將門窗上整齊排列的卍字投映於地磚和蒲團，無可言說的解脫道朗現，佛菩薩的行跡皆有蓮花托足。鐘罄和大鼓猶在，泛黃鼓面吐出歷史：王源興製鼓廠，安靜時光中唯一被說出來的話。鐘面養成一張老臉，表情推移，下方兩個字也是恆常忠告：禁語。是的禁語，多平實的提醒，適合婚後十年的女子，家族爭訟和言語暴力傷神費解，我跪在其中一個卍字投影上，讓咒語以我為舟，悠悠泛盪，趁著日光明晰，將諸多爭辯點燃，燒成灰燼，凝成蠟淚。

裊裊香煙中依稀聽聞梵唄：揭諦揭諦，波羅揭諦，波羅僧揭諦，菩提薩婆訶。

爺爺告別式結束的下午，我帶孩子步行於老街溪旁，流水淙淙，我聽取如是默禱，如是我聞：去吧去吧，到彼岸去。

走過老街溪的加蓋與掀蓋，泥塵往事走向潔淨今日，曾被宣判死刑的河流復重新流動。永平寺中的觀音和古佛仍低眉垂目，百年一瞬，器世間的恩怨情仇、喧譁已逝，連灰燼跡影再尋不著。

中壢國小剛過百歲，對悠久的歷史建築來說，我就讀的六年也僅是一瞬。學齡前的週末，父母最常帶我去中壢國小踢球奔跑。待我就讀國小，每日從學校步行至家大約七、八分鐘，穿過俗稱的「瞎子巷」，隨意搭疊的鐵皮瓦片彷彿將陽光阻擋在外，霉味恆常，房舍如同關房，門扉垂下錦花簾，偶見布幔向上捲簾，店招寫著「抽籤・卜卦・鐵口直斷」，還有一行是「婚姻・事業・家運」，這些命題仍困擾著當今浮世男女，無解宿命。我從風動布簾間隱約瞥見戴墨鏡的盲眼算命師坐在床上，收音機傳出電台播音，哀傷濃艷的方言小調或賣藥講古，間雜盲眼師傅的咳嗽或鼾聲，聲波拼貼成時光廊道。

如今喈子巷已拆，巷口從一九四四年經營的老巷小館早已搬遷至中正路上，豬頭肉和粄條、油麵不知是否仍是童年味道？無從知曉，茹素後的我再不曾喫過，只記得三十年前的無數個傍晚，我和眾人挨著彼此——那時候我們還可以靠得這麼近——在長板凳上吃完油麵，懸吊的燈泡搖曳出幢幢影跡，吃麵喝湯聲唏哩蘇嚕，掀開的鍋蓋湧出白煙，像一場夢。曾有段時間，搬遷後的麵館的煮麵女人，日日用方型大桶盛裝殘肉豬骨，數量之多若有漂流木堆積之勢，留待四、五隻流浪犬前來食用，其中一隻帶頭的大灰狗眼下有長疤，溫和友善，上午七、八點領狗群穿越馬路，安靜啃啖，食畢離去。怕是清潔大隊誘走了牠們，不知何時悉數消失，麵店鍋爐仍舊蒸騰，人車奔馳如常，是否只有我哀傷憑悼牠們的足跡？

老巷小館隔壁幾家的有信糖菓行也是老字號，往昔每逢春節，門口遂堆放新奇玩具，包括花樣眾多的沖天炮，元宵節前則懸吊各色塑膠燈籠，父親每年為我姊妹倆買一只燈籠，到底都到哪兒去了？店內吃食從我童年的時興百款變成所謂的「懷舊零嘴」，一時想念遂買包回味，吃完滿嘴顏料糖粉，童年不過是色素添加物分泌出來的泡泡夢境。行至對街，整頓後的市場已無屠宰腥騷，巷口賣煎餅的女人從年少賣至老嫗，麥餅滋味仍甜，甜到讓婚後女子恍惚瞥見她從女童一路奔向青春然後步入墳墓的軌跡。

三十年多前，市場向左拐有間刻墓碑的店，一室石碑散落，有的仍是待加工的石頭，有的刻到一半即被撇下，有的則已刻鑿數枚大字，鑿刀等器械隨意擱置，死亡正待被具體描畫，靜物畫的氛圍。幼時的我牽著爺爺的手，從中光行文具店繞進此處，不曾害怕，因為這是除了店招之外識字的絕佳場所，專屬死亡的語彙是我未曾知曉的禁忌辭典，那些還沒長全的半邊字更是饒富趣味的謎題，我和爺爺往往看得入神。石碑店消失已久，石上大字遁入遺忘的荒煙蔓草，店家更替數輪，賣少女內衣的、賣貢丸的、賣鳥及鳥飼料等場所，是砧板上迅速擦抹的殘血肉末，地磚潔淨，巷弄安靜，早已尋不回童年和爺爺漫遊的足跡。

市場中段岔出小巷，迎面而來的是放映院線片的大東戲院，印象中的電影海報仍是手繪，俊男美女的五官總過於立體，鼻翼下的陰影和濃眉大眼特寫了男女的悲情，在那個時代，城市彷彿也都是悲情的吧。另一側還有家小戲院，長大後才知道那裡專播色情片，刻意的低調氣氛反更凸顯聚光燈般的存在，約莫是悄悄吸飽了眾人偷窺的目光吧。

記得有次忙碌的母親將我託給叔叔。他在市場口買了甜膩的煎餅給我，帶我行過陰溼小巷。商鋪陸續收攤，人聲隱匿，牲畜的血腥猶在，宰割的尖嚎已散，卻像咒語徘徊街心。我跳過幾個水窪，和叔叔停在灰敗建築物門口，他轉身向茶色窗口，與後頭的男子低聲說了些什麼，掏錢，接過小紙片。戲院旁是理容店和豬肉攤，等候時，我總貪看理容院門口旋轉的彩色霓虹，卻始終掩鼻，阻隔漫天豬屍臭氣。

跟隨叔叔悄悄貓入戲院。黑暗中，叔叔領我向前走，隨意找了位置坐定。海般遼闊的螢幕向兩側延伸，搞不清楚在演哪齣的我，乍然被丟進一片肉色地景：肌膚像平原舒展開來，身體細節無從辨識，依稀記得某些深陷與起伏、低谷和丘陵以大規模的肉色組織粗暴地圍困我，以壓倒性的意志衝擊眼瞳。鏡頭拉遠再拉遠，終於看到足以指認的紅唇、血艷蔻丹指甲、細長眉眼、白皙而游移的手指，但很納悶為何螢幕上的阿姨和叔叔都沒穿衣服。輕微喘息和四周塑膠袋的窸窣聲如海潮波動，宛若催眠。沒多久眼皮就沉重了起來。

被叔叔喚醒時，廳內的燈全亮了，睡眼惺忪踏上紅毯階梯，燈光灰黯無神，但已足夠無情地審視這個充滿低廉慾望的侷促空間。我們行過旋轉霓虹燈，準備駛離的藍色卡車後方，懸吊著血色飽滿的橫剖豬屍，叔叔臉上有疲憊神色。

長大後回憶起這些緊鄰相依的戲院、理容院和豬肉攤，才曉得慾望總離死亡這麼近。

想來像夢，傾斜的異時空。

時光倒流，大同路上曾有座「大時鐘」，是老中壢人的恆久地標，後方是第一市場，安置刀具五金、雜貨、麵店、青草店和算命攤等，記憶中母親偶爾囑我來此處買生餃子。蛇入地下一樓，光線頓時黯淡，空氣悶熱，垃圾混雜牛肉湯的氣味凝滯，所有店家皆裹在飛塵跛扈的霧光中，我小心踩上油膩烏黑的菱形地磚，等待老闆算餃子給我的片刻，忐忑瞥見氣窗及扇葉積累的陳年黑垢，窗扇緩慢旋轉，縫隙間隱約瞧見一樓外行人倉促的步伐，厚厚棲止的黑垢裱褙了行人的足跡，記憶中的經典黑白照。市場對街曾有家著名的古胖子麵食館，店內狹仄，塑膠桌椅安置於走廊，經年著白色吊嘎的古胖子就在店內煮餃子，我貪看沸水湧動的鍋爐蒸出朵朵霧氣，古胖子拿著長棍攪動水面，等待圓胖餃子浮出白湯。可惜古胖子後來突然神隱停業，將近二十年後，第一市場則因建築老舊龜裂、漏水拆除重建。

告別式結束後臨時住娘家，晨起匆忙什麼都沒帶，我繞過正興建的第一市場，右轉中平路幫孩子買貼身衣物。結帳時老闆娘看我一眼：「妳是外地人？」我一時語塞，答非所問：「從台中來。」她睜大眼：「還敢來桃園？」我直覺反應：「這是中壢啊？」快問快答總有疏漏，我補上：「娘家在附近，而且桃園很大啊。」老闆娘自顧自地哀嘆：「最近業績掉好幾成，這條街就像鬼街是吧，以前過年前不是這樣的。」聽她陷入舊日榮光，恍惚間想起娘家地址曾是中壢市，後來改成桃園市中壢區。

但我改不過來，每次都寫錯。記憶中的地址已成歷史。

離開中平路，沿著已是幽靈魅影的第一市場、大時鐘、古胖子餃子店、瞎子巷，切入巷旁的小徑散步回家。壢小旁的故事館睡了，消失的永平幼稚園、石碑行、狗群們和這些面孔那些老店，再次隨著我的足跡漫遊，浮動，不再神隱。下個念頭：爺爺已經不在了啊。

要相見，大抵只在夢中。

回娘家

那天返家，父親正在頂樓花園。他穿著白色汗衫，專心為竹柏、石斛蘭、菩提樹、茶花澆水，聽我喊他，倏地轉過身來：「啊，妳回來了。」

簡潔話語中洋溢著欣喜、期盼，這是含蓄的父親對女兒表達親密的方式。

「嗯，我回來了。」花園盈滿植物芬芳。花園旁的小佛堂，父親供奉的水沉正悠緩飄散於藥師佛前，於虛空默默寫下無聲軌跡，無字經文。父親指著一棵挺立小樹，問我認不認得。我搖搖頭。他說，這是孩子攜回的水黃皮，我才想起，孩子幾年前從幼兒園帶回來的小樹苗，竟長得這麼高了。

待我回書房寫稿，沒多久桌上就放了一杯檸檬水。父親摘下香水檸檬，請母親切塊兌水。身為中醫師的父親總叮囑我們別吃冰：「常溫就好。」母親總回：「這麼熱，加一點冰才好。」眼前的檸檬水，晶亮冰塊緩緩漂浮。冰鎮過的一切無比清涼。

回母校教書，每週有一、兩天回娘家住。從終日奔忙的母親、妻子，再度成為女兒，享受被照顧的感覺。

暑熱炎夏，母親將煮好的青草茶分裝小瓶，放入冰箱，待我飲用。知道我又忙又懶，只要我回家小住，她總將芭樂、蘋果切好，將葡萄洗淨，隨時都有鮮果可食。

有課的那天從台中北上，母親都會先來訊：什麼時候到？需不需要接送？體諒她的辛苦，加上交通方便，我都自行搭車。前陣子梅雨季，媽媽問得更頻繁了，尤其有天離開學校時暴雨來襲，道路宛如河流，媽媽立即傳訊：「要不要去學校接啊？」我知道她正張羅晚餐，就回：不用啦。

大雨如瀑傾倒，望向窗外的傘花和車行濺起的水花，想起曾寫過一篇散文，描述中學時代的某日放學，天降暴雨，我撥公用電話回家請母親來接，雨聲過大，對話斷續，只聽到媽媽說她會來接。左等右盼，始終不見母親，懷疑她一定又忙到把我忘了，心酸之餘，同學建議騎腳踏車載我，只好躲入她的雨衣，克難騎回家，下半身全濕了。到家，內心湧現被遺棄之感。經父親詢問和解釋，才理解母親在電話裡說會晚點來接，而我全沒聽到。沖完澡，騎機車的她正好返家，頭髮和下半身都濕了，她看到我就說：「妳回來了啊？」

彷彿接續多年前寫過的文章，隔天的我竟然又讓母親空等。

趕赴某大學的文學獎決審會議，出發前母親問：「搭什麼車？幾點到？我去接妳。」原先跟她說搭火車，大約九點半到吧，但會議稍有延遲，又體諒工作人員接送其他老師到高鐵站，就臨時改變決定，搭高鐵回桃園。趕著買車票、進站，上車時想跟母親說一聲，查看手機，發現她早來訊：在火車站等妳囉。訊息是晚上九點三十五分傳來的，而我搭上高鐵已十點十分了。

天啊。媽媽該不會在火車站癡等我半個多鐘頭吧。外頭還飄著細雨。我想像她邊滑平板，不時注視出口的模樣。

立刻打電話，在安靜車廂內壓低聲音跟媽媽說：「我改搭高鐵，再十分多鐘就到了，別等我，我搭計程車。」

媽媽不但沒責備我，竟語氣輕快：「啊那我現在騎車回家，開車去高鐵站接妳。」

愧疚感油然而生，我繼續壓低聲音：「不用啦，搭計程車就好。」

「這麼晚有計程車喔？妳又要花錢。」

「有車啦，妳不用擔心，快回家。」

到站後匆匆跳上計程車，安靜的夜晚，雨絲綿綿。向外望，暗夜的路筆直向前，路燈卻始終薄薄投映路面。雨繼續下。眼眶也貼上薄薄雨霧。

回到家，守在門口的媽媽繼續滑平板，我故作輕鬆揚聲說：「我回來了。」

「喔妳回來了啊？」

婚後，回到原來的家，就是回娘家。婚宴後隔兩天，我和丈夫在中午前回娘家，稱作「歸寧」。那天我難得穿上洋裝，淡紫色的雪紡紗，胸前抓皺，上面整齊排綴金扣子，後來再穿，是妹妹的婚禮，不知是洋裝原就寬鬆，還是身材沒太明顯走樣，當時的洋裝還塞得下已生了兩個孩子的我。再後來，沒有後來了，因為洋裝爬了黃斑，只好扔了。

初二回娘家。雖然平時也偶爾回去，不過這一天特別令我歡喜，尤其妹妹生了兩個孩子後，家裡變得熱鬧，媽媽也會張羅一桌豐富菜餚，葷素皆有，最特別的是她炸的紅豆年糕，才上桌，立刻被搶食一空。炸完煎，煎完煮，年糕香菜餚香咖啡香不斷，水果也是吃完又削好一盤，媽媽的無影手。那天廚房的油煙機幾乎整天都開著，剛好遮擋了孩子們瘋到極致而開始拌嘴搶玩具的聲音，我和妹妹隨意哄抱後，孩子也不計較又玩在一塊。初二，我倆又是女兒了，專心吃喝躺床閒聊滑手機，其餘的交給媽媽就好。

很多女性似乎都有類似感受：婚後更能體會媽媽的好。不同家庭的生活、教養方式甚至廚房裡的鍋碗瓢盆之事，都有相異的女性傳承與慣習，不是這麼容易轉換過來，因此常見摩擦，但也擦出許多連續劇「娘家」式的烽火／風火敘事，讓諸多女子初二以外的日子也想回娘家，帶著孩子、拉著行李箱從婚後的家衝回娘家，似乎也成就另一種敘事。

不是過年的日子裡回娘家，最喜歡睡前和母親並肩躺在床上閒聊，最常聊的是她的娘家事。

母親有兩個妹妹曾是妻子，其中一人也是母親，那是四阿姨，因為住桃園，我們都喚她桃園姨。小學時代，我在桃園姨家讀完整本藤堂志津子的《熟夏》，每次去讀一部分，終於在兩個表弟吵鬧的玩具槍戰中、鬧哄哄的卡通還是大富翁遊戲中，似懂非懂地啃完了。封面中那個露出豐腴臂膀和大腿的女子，每回在我闔上書本時，都以那雙讀不懂的眼神凝望十一歲的我，魅惑的，哀傷的。在我讀書的片刻，除了表弟們的嬉鬧聲外，阿姨也低聲叨叨跟母親說了些什麼。姨丈偶爾出現，每次都是一樣的笑容，忙碌的他很快淡出畫面，常常不在家。如果現在我踏入那舊日的三房兩廳，應能嗅出些什麼，所有的線索都銘記在家具、物件上，內心話和情緒其實都在那些潔與不潔、整齊與混亂的物事上留下證據，明亮與敗壞的痕跡。那些從不是觀賞的靜物，而是證物，婚姻的日常軌跡。現在的我應該能夠。但當時我也只是孩子，無從留心細節，身心變化對少女來說也是永不停息的熟夏，火火躁躁將我往前推，一刻不停，待我上大學，某天見到桃園姨之前，母親先慎重提醒，等一下見到面要叫她「師父」，不是阿姨了。

阿姨出家，成了比丘尼。

另一位阿姨，很久之前的初二，我在母親彰化娘家見到的她，正是婚後臉變圓潤的時陣，媽媽和阿姨們望著些微發福的她，揣度是否有了身孕，一臉幸福的阿姨甜甜笑說哪有別亂說。阿姨非常美，一頭長髮閃動光澤，我心想若她有了孩子，一定也是美麗的。然而之後發生了不少事。我從阿姨們和母親的低語中拼湊著線索。過了幾年，阿姨去了印度，學習並教導不同國家的人禪修，著紫色紗麗的她走在煙塵處處的窮鄉僻壤，成為我永不磨滅的印度印象，是她讓我認識了印度、茹素及佛陀，為此我深深感念。回到台灣待了幾年，在外婆去世後，阿姨也出家，成了比丘尼。

兩位阿姨出家相隔快二十年，在這段時間中，我的表妹：大阿姨的女兒，訂婚後的一段時日，在親友的訝異聲中，突然離家，住進寺廟，剃了髮，修行去了。想想，人們會說「突然」，恐怕是無從留心細微線索的緣故吧，雖然我並沒有和表妹深聊過，但總覺得這不見得突然，而是日積月累的內心醞釀吧。事出必有因，因多半微細，凡俗如我輩只能看見巨大的果，因而覺得突然。愛情與男方家人可能已開始磨損她，她一定是看到什麼預兆，也有足夠的勇氣，方能在盟誓後斷然拒絕走入婚姻和家庭。

這是母親娘家的女眷們，我常常想起她們。想像她們剃除長髮，披上素衣袈裟，於青燈古佛下垂目誦經的模樣。儘管曾有不快樂的過往（回娘家方能大吐苦水）但我想現在的她們應該真的快樂起來了吧。出了家就少回娘家，外婆往生後，更無娘家可回，即使回去，也是沒有母親的家了。出了家，也不再有「娘家」式連續劇的高潮迭起，不斷加集數還演不到盡頭的紛擾。隨念又想，她們要戰鬥的恐怕更甚於在家女眾，真切面對自心，面對老病，面對無始的生死與無盡的輪迴，另一種境界的戰場。

憶起小時候母親唸童話故事給我聽的過往。現在，睡前故事就是娘家事，我不斷發問，母親追憶、回應，我也尋出童年印象與模糊感受核對，有時母親一下子就幫我解惑，有時卻一下子將彼此推入迷霧森林。如果問太細，她就說哎呀這麼久以前誰記得，很多事早就記不住了。說著說著，聲音漸杳，母親睡著了。

進入中年，我也開始忘失，幸而舊照提醒我那些不該忘記的事。

從前從前，在母親的二林娘家，三合院的後面，曾有一片竹林，年幼的我躺在木板硬床上，望向紗窗，滿眼皆是豐盈的綠意，聽風吹竹葉，沙沙沙。竹葉聲浪襯著屋簷下的女聲，母親的、阿姨的、外婆的交談，時而高亢時而低頻，時而鬥嘴時而歡笑，不愛午睡的我就在多聲部的環繞音場裡朦朧睡去。

陽光穿透竹葉間隙，篩過紗窗，在我闔上的眼皮舞動，好似不捨得我就此睡去，要我再睜開眼多看，多聽。記憶也穿過時光，抵達身旁，睡在母親身邊的我彷彿再度感受到一股暖流，眼皮上好似有光。

像夢話，對母親或對自己說：我好累，我想好好睡一覺。

原來你什麼都不想要？

1.

凌晨一點，室友們齊聲說：「生日快樂，晚安」，我戴上耳機，準備入睡。朦朧間，強烈的撼動開始，室友驚喊：「地震」，書籍及各類物件紛紛墜地，東西傾倒的聲響夾雜著高分貝尖叫，仍穿寬鬆睡衣的我，慌亂跟隨宿舍裡的眾女子，從高樓往下奔逃。

宿舍前站滿倉皇逃出來的女生，嘰嘰喳喳，分享驚恐瞬間也分享棉被，餘震頻頻，沒人再敢回宿舍。接著，男同學們陸續來到，在黑壓壓人群中尋覓戀人。瞬間，我想及大我一歲的學長正在高雄當兵，他還好嗎？不免擔憂。隔天停課，搭公車返家，從廣播聽到了「震央在集集，目前死亡人數是……」，全車的人同時倒抽一口氣，車廂全是肅穆的氣氛。整條街停電，全家倚靠收音機得知哀傷的消息，接連幾天，我不敢單獨睡，連同從台中返家的妹妹，在主臥室打地鋪，之後幾週，我收集報紙上大震的消息，全都是破碎家庭、破碎的臉與表情。後來，那天成為島嶼的集體創傷：九二一。

九二一，升上大四的我剛滿二十一歲。重看當年日記，發現大震前的我，煩惱的約莫是研究所考試、永遠的減肥功課，與戀人的口角衝突，預期的生日願望不過是少掉兩公斤，以及必修課不要被當，行事曆上，還預先註記慶生地點：好樂迪，旁邊畫上閃亮麥克風。當時的我無法預知天災將至，也無法預知大震中所有的毀滅與日後重生，地震與死亡重組了許多人的生命板塊，黑暗中擦亮的燭火不為了唱生日快樂，而是為了照明、哀悼與祈願。

十幾天後和從軍營放假的學長見面。我叨叨更新近日狀況，他始終沒回應，半晌，慢慢吐出字句：「看到……看到屍體，有些地方都斷掉了，很可怕」。後來才知道，危難之際，他和許多完全沒受過專業訓練的大頭兵，毫無準備的進入災區，在屍臭瀰漫的倒塌建築間挖尋屍體。所謂的心理諮商和輔導，是幾年後才意識到的事。

2.

直到現在，只要在畢業典禮聽到「say goodbye，say goodbye，昂首闊步，不留一絲遺憾」，就會想到那年張雨生車禍的現場，變形的車頭，掉落的眼鏡。不識哀愁，也要大聲唱「如果大海能夠帶走我的哀愁，就像帶走每條河流」，不抽菸，但望著昏黃天色也不自覺哼起〈沒有菸抽的日子〉，更別說那些無數個徹夜未眠的歡唱時光了，唱完張雨生還要唱張惠妹的〈原來你什麼都不要〉。

但當時的我明明什麼都想要，想緊抓手心，留在身邊，仔細留下每次的電影票根，背後寫下跟誰看、簡單感想等字樣，像看了三遍也哭了三遍的《鐵達尼號》：傑克從背後緊抱蘿絲的經典電影海報，九七年，李奧納多的金髮在風中飛揚，至今卻在我娘家安靜蒙塵。同樣看三遍也哭三遍的則是吳奇隆和楊采妮飾演的《梁祝》，九四年的我未嚐愛情滋味，卻甘願用大量眼淚頻頻換取最終淒美。被留下的還有電話卡、和同學互傳的紙條，關於青春的諸多衍生物，距離山下英子提倡「斷捨離」的十多年前，我擁有一個又一個塞爆的抽屜。即使眷戀如此，每次我還是過分投入，模仿螢幕上的張惠妹：「原來你，什麼都～」，皺眉，側臉，張手，深情抖音：「～不～想～要」，閉目，結束。離開ＫＴＶ包廂，現實總是亮度過高，我扛著磚厚的《說文解字》，在百花川上狂奔，鐘聲響前溜進教室，坐定，打開筆記本，努力讓自己靜下來。至少，文字學的必修學分，我很想要。

什麼都想要，也什麼都叫我分心的大學時代。校園餐廳前，當我聽惠婷以迷人又旋繞的嗓音緩緩唱出內心騷亂時，並不知道幾年後 Tizzy Bac 就發行了第一張專輯《什麼事都叫我分心》，更不知道貝斯手許哲毓在十多年後意外離世。

3.

鐘響後，大一英文課的外籍老師趁同學入座時關燈，帶大家閉眼冥想。老師要我們眼觀鼻鼻觀心，靜坐數息，十分鐘後才講課，宛如哲學家的他緩緩道出通向解脫的秘義，但凌晨才唱完張惠妹〈解脫〉和許茹芸〈淚海〉的我始終亢奮，難以邁向清涼地，只好不動聲色摸出村上春樹《聽風的歌》，試圖讀出文中「還足夠年輕，卻已經沒有以前那麼年輕了」的玄義。

偶爾在校園看見女尼。九六年秋天，集體大專女生在營隊後出家的事件轟動台灣，至今仍依稀記得當時新聞重播的畫面：下跪、拉扯、哭嚎（當時「崩潰」一詞還沒有被頻繁使用）、地上打滾，鏡頭不放鬆地咬緊親屬的抽搐表情和肢體動作。凝望那些年輕而堅定的臉，我想：是什麼原因，讓她們什麼都不想要？青春難道不是等待綻放的鮮亮花蕾，她們怎麼會下此決定？她們究竟看見了什麼？我想像粉紅色的房間，所有的物事都籠罩在光暈中，或綴以蕾絲和珠串，紗裙，泡泡與亮片，但壁紙沒黏牢的牆角掀起裂口，青灰壁癌早已蔓延，大多數的人並沒有看見。

那場事件於新聞反覆播送的前幾週，我參加了另一個團體舉辦的禪修營，媽媽挾著我去的，三天靜坐課程大抵都在妄念紛飛中度過，想完炸豬排飯想著減肥，想著出租店剛租回來的阿保美代，隨即又複習上週才看的電影《情書》：中山美穗和柏原崇美好的臉龐，不時在幾次數息間洶湧奔入腦海，「你好嗎？」中山美穗在無垠的雪地中大喊，寂靜中傳來的只有回音。閃入念頭的還有費解的數學題，中學時的升學壓力，然後是池田悅子《惡魔的新娘》裡的種種誘惑：妳願意拿健康、美貌和善良換取名利嗎？即使惡魔常在驚悚的故事完結前現身，挑釁地揭開榮光後的腐爛內裡，好物不堅牢，但全部的人不也都掏空自己換了？

如果可以換，我應該很想拿什麼來換數學成績吧。收到聯考成績單，母親瞪著數學那欄的成績「16分」時（當年的低標是「21」分），善於記帳的她快速換算的，究竟是不是三年昂貴補習費的超低投資報酬？唯一記得的是她堅持要我申請重新驗算成績，我也堅定拒絕，因為當年考完核對答案只有11分，也始終搞不懂那多出的五分是怎麼來的？

大考前一年的五月，鄧麗君的猝世震驚華人世界。經過火車站附近的唱片行（倒閉後經過數次更換，現在暫時是夾娃娃機店），女聲幽幽飄來：「月有陰晴圓缺，此事古難全。但願人長久……」，即使國文課堂，我們就幾場死亡和意外，拙劣又裝懂的辯析生存和死亡，意義和價值，除了鄧麗君猝逝、衛爾康西餐廳大火，還有一位聰明開朗的學姊突然車禍亡故，生命的意義最終是什麼？唇槍舌戰完大家都好（心）虛。是的，當「但願人長久」的女聲宛如某種神諭在耳邊迴盪，凡俗的我仍跟成績死命纏鬥，心想：到底怎樣數學才能多考幾分？

我要成績，我要成績，想像自己如同日本綜藝節目的設計橋段，額間綁白布條、握拳站在學校頂樓大喊宣示，但過去又曾有多少學生，站在學校還是哪棟建築物頂樓，邊懷著「什麼都不要了」的痛苦而加速下墜。深夜數學題化成猛龍無數，蜿蜒而無盡頭的階梯無數，於夢中活躍並延展。持續折磨心志的還有排名、補習、被比較也被羞辱之二三事——地科老師在全班面前，拿著我的地科報告譏諷：「這篇文章一定要好好唸一下」，輕笑一下，「這位同學以為他在寫文學作品」，當時的我只想躲入地洞，殊不知七年後的我真的寫出一本所謂的「文學作品」，那位男老師則因疑似騷擾女學生而黯然離校。為了迎戰白晝的升學闖關，我只能消極的聽范曉萱作為防禦，清純女學生模樣的她在彼端唱著：「深深深呼吸，不讓淚決堤」，同樣留著清湯掛麵頭的我，終於捱到每日的睡前片刻：摘下深度近視眼鏡，深深深呼吸，感覺沉積在胸口的憂鬱藍光稍微淡了一些，然後，等待眼淚慢慢的，慢慢的流出眼眶。

失眠、心悸、胸悶與伴隨而來的恐慌被歸納為升學壓力，這種診斷對大家來說都比較容易理解，當年無以名狀的感覺，逼促著我隨意抓起幾本父親放在候診室的暢銷書籍，當時作者所倡導的「身心安頓」、「煩惱平息」等新生活哲學，曾風靡一時，但無論我讀了多少本，卻未因此快樂起來——這位大師則在婚變而被眾人撻伐等事件後，瞬間從心靈導師成了爭議人物，無常的最佳示現——只能繼續聽范曉萱唱：「心碎，在擾攘的街，我的傷悲你沒發覺」，發現煩惱無法平息，乾脆讀起大量言情小說，在從來不屬於自己的跌宕劇情中，反覆操練心碎的痛楚。

鄧麗君離世幾天後，有兩個國中女生陸續跳樓自殺，我在日記上寫著「專家們紛紛痛斥，呼籲檢討教育制度」，胸口的壓迫又濃了些，灰色天空逼出眼淚，惶然在校園操場狂奔，渴望到達終點，但所謂的終點到底是什麼？終線又畫在什麼地方？那天，距離我讀到《完全自殺手冊》約莫還有三、四年吧，記得我顫抖著一頁頁翻完，震驚到無法言語，那麼多結束生命的方法，詳盡又完整，茂密的死之慾化為雷擊般的心跳，我極度抗拒，想闔上扉頁，卻又停不下來。距離我讀到凱傑米森《躁鬱之心》，則還要七年。

4.

那段時日，我常剪下報紙刊載的歐陽應霽「我的天」四格漫畫，也學著畫起漫畫，從簡單線條中，安置雜蕪而纏繞的心緒。雖然被我寫下、畫下的仍是排球課、合唱團練唱、誰誰誰談戀愛、耍心機等少女記事，但我印象最深的是，一位準備寫遺書的少女，在翻看日記的最後，決定好好活下來。

最靠近的死亡是阿嬤，往生前一晚，我第一次夢遊，隔天完全沒有印象。提前來學校接我的阿伯說，今天不補習了，去看阿嬤。以為去醫院，朦朧睡醒才驚見方設妥的靈堂，阿嬤瞬間從活生生的人變成黑白照，直到那天我才稍微體會常輕易就寫在作文簿上的成語：「晴天霹靂」。那年我國二，生命中只有讀書考試，父母也只希望我好好讀書考試，他們則在我唸書時輪流上起各式禪修、紫微斗數、氣功課。

阿嬤的臥房被隔成兩間，我和妹妹因此擁有了獨立空間，她的貼著粉紅壁紙，我的則是粉藍，壁紙貼得平順，嶄新的夢幻少女房，好多又新又空的大小抽屜，等待被熱鬧的青春填滿。某天，我在床上聽L.A Boys的〈金思頓的夢想〉，輕哼著「你是否能夠感覺到，街道上，人群中，傳來令人快樂的節奏」，斜倚床頭，瞥一眼衣櫃門的矩形設計，竟發覺天哪形狀好像棺木，於是每次開衣櫃，就不禁想起那年看的《阿達一族》。夜晚，窗外路燈將衣櫃輪廓照得過於明晰，嚇得我後來只得去妹妹房間打地鋪。

矩形衣櫃的第二層抽屜，有一只貼上愛心的玻璃杯，是九一年的九月二十一日好友送的生日禮物，後來我將暗戀男生的制服第二顆鈕扣，連同紙摺星星、和小紙條等悄悄放入，當時並不知道，珍愛的若干紀念物在隨後幾年大掃除中，全部成為垃圾。玻璃杯雖然逃過數年後的大震，卻在一次翻找學位證書時，胡亂碰撞而摔碎。那時玻璃杯裡除了朵朵灰塵，早就什麼都沒有了。

——原發表於二〇二〇年七月十六日《聯合副刊》的「追憶似水年華：一九九〇年代之六」

後記

二月交出書稿至今，又發生了幾件事。

三月二十三日凌晨一點多，在地震中被撼醒，我住高樓，更有劇烈晃動的錯覺，由此召喚出九二一的可怖記憶，幾秒內的恐懼瞬間無限延長。雖安然無恙，但劇烈搖撼總帶來內心餘震，令我真切感受到，歲月並不靜好，世界並不恆常。三月，遠方持續的戰火透過螢幕來到眼前，多少人離家、戰鬥、流血和死亡，三月還沒結束，島嶼的疫情持續升溫，到了四月中，病例破千，五月前破萬，疫病又流行了。

在這般無常卻努力維持日常的時日，收到瓊如寄來的校對稿，重讀之後，該是熟悉卻感陌生，書中的事像是另一個女子的人生，像起床後的被窩，留有我的餘溫和身形，卻已經與我無涉，是昨日蛻下來的皮。又像一名女子的畫像——不是我，我只是看畫的觀者。超然嗎？其實不是，只是變化：板塊、戰事、病毒、流言都會改變形狀，情感和情緒不也是時時刻刻變異？平靜有時，凶險亦有時。

讀書、寫字、教書之餘，也看了幾部劇，例如《創造安娜》，安娜索羅金以安娜戴爾維之名走進曼哈頓上流社會，她在ＩＧ上的形象是：德國富二代、社交名媛、對時尚和藝術獨具品味，也是準備起飛的女創業家，但她最後被起訴多項詐欺罪。這部片撼動了我的內心，裡頭的創業家們對未來的許諾，展現出銳不可擋的魅力，無比熟悉，不過真正迷惑的是敘事，不同的視角就有不同的聲音，而什麼被看到或被聽見，又是由複雜的童年經驗、成長背景、學習環境等條件揀選出來。《創造安娜》的每一集開頭，都有那句幽默、諷刺十足的提醒：「全部都是真實故事，虛構的部分除外。」雖然預期每集片頭會出現，但每次我仍舊驚喜充滿地看這兩行字，然後在笑不出來的時刻，真心地笑出聲來。

在疫情升溫的時刻，我校對著一名（陌生）女子的畫像。幾次，我將文中的「她」改成「我」，也將「我」改成「妳」或「她」，那是書寫過程中改了又改的片刻，改到最後自己眼花。人稱的選擇有不得不然，如同人生的諸多選擇也是不得不然，畢竟，已經（終於？）來到不能任性說我什麼都不要然後放逐自己隨感受漂浮的中年（危機？）了，也不能說什麼「那是某某某」其實脫胎於自己經驗的假話，如果可以，很多時候，被丟在太多無常而分不清身處哪齣戲的我，倒希望全是我借用的人稱、偷來的故事，全出自我的失憶和妄想，真的。

寫作必然是創造，藉由這個過程，我也不斷創造出那麼真又沒那麼真的自己，每個自己不過是矛盾真相的並置和陳列，局部而非全部。當安娜的閨蜜瑞秋在法庭中，回應安娜律師的話：「因為篇幅不夠」，然就因篇幅不夠，瑞秋才隱瞞了部分的矛盾真相嗎？例如她和安娜出門，幾乎從未付過帳單，享受著「假名媛」安娜大方買單的過程，也沒有說出她與安娜相處的故事賣給雜誌社、書商和影視媒體，所獲得的利潤是安娜刷爆她的卡的好幾倍。瑞秋的閃躲象徵著沒被寫出來的故事：不是篇幅不夠，是勇氣不夠。直視鏡頭很容易，但直視自己則需要勇氣。寫下的同時必有隱匿，被文字之光照顯的地方，必有陰影，陰影濃黑，將我的歇斯底里、暴力、厭棄及其他（對他人而言難以忍受的）圈圈叉叉點點點，儲存成腹語。

〈原來你什麼都不想要？〉、〈夢中足跡〉曾刊登於《聯合報副刊》，來自王盛弘的邀稿，其中，〈夢中足跡〉安插了同樣寫家鄉、刊載於《印刻文學生活誌》的段落，〈之間〉也是因應《聯副》主題而寫，後來抽出斷捨離的片段，與另一篇文章合併後進行改寫，〈一個母親的誤讀〉也改寫自發表於openbook上的文章和書評，近年因王盛弘邀約，讀了幾本好書，我選擇其中喜歡的書評重組，加入個人經驗，與自我對話。〈頭朝下〉則是出版《以我為器》之後，瑜雯姐邀請我和言叔夏所進行的「相對論」對談摘選，我從四次對談稿中，找到相通的主題，刪減及增補而成。近年寫得少，因此特別感謝瑜雯姐和盛弘的邀稿，讓我藉此整理階段性的生命篇章。又，尚有部分文稿皆經重新整理與改寫，故不特別標示出處。然大多數的文章未曾發表，寫在日記中，寫給自己看。如果不是木馬文化的瓊如聊起，然後在我忙亂過後某個接近宿醉的片刻，跟我敲定書稿稿約，大多數的文章不會重新被檢視和整理，由於這個出版的邀請，讓我在半年多來疫情宅在家的時光裡，整理物件，檢視往昔步履，蒐集家中和回憶中的聲音與噪音。完成書稿，想了幾個書名，最後採納蕙慧姐與瓊如的建議，以本書最後一篇〈原來你什麼都不想要？〉為書名。謝謝瓊如似遠又近的鼓舞和陪伴。

特別感謝撰寫推薦序的佳嫻，感謝寫推薦語的周芬伶老師、陳美華老師、李儀婷、言叔夏、吳妮民、郭彥霖和蔣亞妮，直指核心，抵達真心，又從不同面向深入閱讀，讓這本書有會遇不同讀者的可能，為此我深深感謝。

感謝近年為我輸氧的家人與朋友，尤其是妹妹、政茹和雅筑，聽我一遍又一遍重複敘說，還有脆弱時刻，提供智慧處方箋的師長，恆常的信仰與皈依處，無常中，仍以一顆不變的心，及豐厚的悲智雙翼，讓我有飛越沼澤的可能。

看完《創造安娜》的那晚，我也校對完整份文稿，之後找出張惠妹〈原來你什麼都不要〉，在房間裡反覆地唱：「我不要你的承諾，不要你的永遠，只要你真真切切愛我一遍，就算虛榮也好，貪心也好，最怕你把……」還沒唱完，幽暗天空飄雨，望向起霧的窗，一片朦朧。

說真的，安娜究竟是誰創造的？

2022.4.20

2022.5.12 修改

原來你什麼都不想要

作者	李欣倫
社長	陳蕙慧
副總編輯	陳瓊如
助理編輯	朱喆晨
行銷企畫	陳雅雯、余一霞、汪佳穎、蘇曉凡
排版	宸遠彩藝
讀書共和國集團社長	郭重興
發行人兼出版總監	曾大福
出版	木馬文化事業股份有限公司
發行	遠足文化事業股份有限公司
地址	231 新北市新店區民權路 108-2 號 9 樓
電話	(02)2218-1417
傳真	(02)2218-0727
Email	service@bookrep.com.tw
郵撥帳號	19588272 木馬文化事業股份有限公司
客服專線	0800-221-029
法律顧問	華洋國際專利商標事務所 蘇文生律師
印刷	呈靖印刷股份有限公司
初版一刷	2022 年 06 月 08 日
定價	380 元
ISBN	9786263141735 (紙本) 9786263141988 (EPUB) 9786263141971 (PDF)

國家圖書館出版品預行編目

原來你什麼都不想要 / 李欣倫著 . -- 初版 . -- 新北市 : 木馬文化事業股份有限公司出版 : 遠足文化事業股份有限公司發行 , 2022.06

面； 公分

ISBN 978-626-314-173-5(平裝)

863.55 111005566